無自覚な
Mujikaku na tensai majutsushi ha
nonbiri kurashitai
天才魔導具師は
のんびり暮らしたい
日之影ソラ
ill. 春野薫久

「だ、大丈夫……ですか？」
フレア・ロースター
ロースター家長女
宮廷魔導具師

ユリウス・
ユークリス
オルソラ王国第二王子

「そうですよね」
ネロ
ゴーレムの少年
「話が唐突すぎて混乱してます」
リドリア・マーケティン
宮廷魔導具師

無自覚な天才魔導具師はのんびり暮らしたい

日之影ソラ　ill.春野薫久

CONTENS

プロローグ　パワハラの毎日

「こっちの発注書、明日までに片づけておいて」

「え……」

　テーブルの上にどさっと乱雑に置かれた紙の山。他にも終わっていない山が並んでいて、思わず絶句する。

「それじゃよろしく」

「ま、待ってください室長！　こんな量、一人で明日までに仕上げるなんてとても」

「何を言っているの？　それが貴女の仕事でしょ？」

「い、いえ、その……」

　室長だって同じ魔導具師なんだから、これは室長の仕事でもあるはずなんだけど……とか、言いたくても言えない立場なのだ。

「わかったら早く終わらせなさい。じゃないと次の仕事が来るわよ」

「……」

「まっ、貴女ならこのくらい余裕でしょ？　期待しているのよ？　元、最年少宮廷魔導具師、フレア・ロースターさん」

「……が、頑張ります」

褒《ほ》めているわけじゃない。ただの嫌味だ。表情がそうだった。室長は私の研究室から出ていく。

ばたんと閉まった扉の音が響き、静かになった部屋でポツリと立ち尽くす。

「はぁ……」

最初に出たのは盛大な溜息だった。室長に聞かれたら、また嫌味を言われてしまうのだろう。

でも……。

「溜息だってつきたくなるよ。なんなの？　この量……五人分くらいある」

同じ魔導具師がこなす仕事量の五倍。時には十倍近い仕事量を押し付けられ、納期は通常通りという鬼のような設定。当然通常業務の時間だけじゃ終わるはずもなく、毎日のように残業して、休日の半分は出勤しないといけない。

「これ……明日も出勤だなぁ」

本来なら休みでのんびりできる日も、激務に追われて休む暇もない。幼い頃から憧れていたモノづくりの最先端。宮廷魔導具師になった私は、理不尽極まりない社会の波に呑まれていた。

「次のお休みはいつになるんだろ……」

そんなことを考えながら残業する。

終わる頃には日付が変わっているだろう。みんなが帰宅する中、一人宮廷に残って仕事に勤《いそ》しむ。

トントントン――

ドアをノックする音が響く。珍しいこともあるみたいだ。この時間に誰かが訪ねて来るなんて。

まさか室長が戻ってきて、さらに無茶な仕事を押し付けられるんじゃないか。私はびくびくしながら扉の向こうに尋ねる。

「はい。どなたでしょうか」

「——僕だ。フレア」

「カイン様！」

私は慌てて扉の前に駆けより、勢いよく扉を開ける。そこには金髪で青い瞳の男性が立っていた。彼の名はカイン・バルムスト。バルムスト侯爵家の嫡男《ちやくなん》であり、私の婚約者でもある。

「こんばんは、フレア」

「こんばんは！　カイン様がどうしてこちらに？」

「ちょっと君の様子を見に来たんだ。話したいこともあったしね」

私に会うためにわざわざ宮廷へ？

こんな夜遅くに。カイン様は相変わらずお優しい。容姿も性格も立ち振る舞いも、何もかも優れている方だ。

私なんかの婚約者にはもったいない。けど、その優しさが今の私には必要だった。独りぼっちだった研究室に彼が来てくれたことで、まだまだ頑張れそうな気力が湧いてくる。

「ありがとうございます。カイン様」

「ああ。それで……」

彼はきょろきょろと研究室の中を見渡す。何度も来ているし、今さら目新しいものはないはずだけど何か気になるようだ。

「カイン様？」

「……フレア、君は今日も遅くまで残って仕事をしていたんだね」

「あ、はい。まだ終わらなくて……」

「そうか」

慰《なぐさ》めてもらえるかと期待した。カイン様に相談すれば、この状況も変わるかもしれない。今までは迷惑をかけたくないからと黙っていた。でも、そろそろ限界だ。

このままじゃ過労でいつか倒れる。こうして私のことを気にして来てくださったんだ。今こそ相談するべきだろう。

「あの――」

「フレア、君に大事な話がある」

私の言葉をさえぎって、カイン様は真剣な表情でそう言った。思わず口を噤《つぐ》む。そういえば話があると言っていた。

「はい。なんでしょう」

私の相談はそれが終わった後でもいい。気持ちを切り替えて、にこりと微笑《ほほえ》みカイン様に言う。

「――君との婚約を破棄したい」

「……え？」

時間が止まってしまったような感覚に襲われる。

聞き間違いだと思った。思いたかった。それでも私の耳にはハッキリと残っている。

婚約を破棄したい。私と。カイン様はそうおっしゃった。真剣な、およそ嘘《うそ》なんてついていないとわかる表情で。

「ど、どうして……ですか？」

私は震えながら尋ねた。するとカイン様は小さく溜息をこぼし、私から視線を外す。彼が見ているのはテーブルに並んだ書類の山だ。

「理由はいくつかある。一つはこの、今の状況だ」

「今の……」

「君が宮廷に入ってから毎日、こんな遅い時間まで仕事をしている。最初は仕事熱心で素晴らしいと思っていた。が、最近気づかされた。単に怠けていて、仕事が遅いだけなのだと」

「そ、そんなことありません！」

私は咄嗟《とっさ》に否定した。カイン様は勘違いされている。私は今日まで一度もさぼったことはないし、手は抜いていない。

毎日真面目に働いている。それでも終わらないのは、室長が無理な仕事量を私に押し付けるから。

「私はちゃんと休まず働いています。今日だって本当は――」

「もういい。言い訳しなくても」

冷たい声が耳に響く。初めて聞く声に、背筋がぞっとする。

「カイン……様？」

「僕がなんの根拠もなくこんな話をすると思うかい？　先に室長に確認したんだ。君がここでまじめに働いているのか」

「室長に？」

「そうだ。答えを聞いて落胆したよ。真面目に働いていたと思っていたのは、僕の勘違いだったみたいだね」

　室長がなんと答えたのか私は知らない。それでも、いい返答をしなかったことくらいわかる。

　あの人は、私のことが嫌いだから。私の現状を作り上げたのは、まさにあの人だから。

「ち、違います！　それは室長が――」

「嘘をついているとでも？　発言には気を付けたほうがいい。室長は宮廷魔導具師を束ねる方だ。つまり、この国でもっとも優れた魔導具師ということ。君の発言と彼女の発言、どちらを信じると思う？」

「そ、それは……」

「室長からの話では、君は与えられた仕事を予定通り終わらせるので精一杯。いつも残業しているのも、効率が悪いからだ」

　違う。それも全部、無茶な量を……。

「確かに仕事量は他の魔導具師より多いと聞く。しかしそれも、君の能力を見込んでのもの。最年少で宮廷魔導具師になった君なら、この程度の仕事はなんなくこなせると……が、期待外れだったと嘆《なげ》いていたよ。本当に申し訳ない気分になった」

全部だ。どれもこれも、すべて室長のいいように解釈してカイン様に伝えている。ねじ曲がった事実を修正することは、私にはできない。

ここでいくら否定しても、カイン様は信じてくれないだろう。婚約破棄を口にした時点で、カイン様は私を信じるつもりは一切ない。だから私は……。

「申し訳ありません」

ただただ、謝るしかなかった。

自分が悪かったのか？

期待に応えられなかったことがダメだったのか？

嫌がらせと期待の境界線はどこなんだろう。

私に対して行われていたことは、嫌がらせじゃなかったの？

私は……嫌だった。それは思っちゃいけないことだったのかな。

「で、ですが、婚約の話は私たちだけの問題ではありません。ロースター家とバルムスト家、双方の同意が必要です」

両家は古くから親交が深く、代々お互いに異性の跡取りが誕生した際、婚約者とする決まりがある。より関係を深く、未来永劫共にあることを約束するために。

いわゆる政略結婚というやつだ。それに、長女である私が選ばれた。私たちの婚約は両家の伝統によって決められたもの。それを一存で覆《くつがえ》すことは難しい。

「心配はいらない。その点についてはすでに解決している」

「え、解決って……」

「僕は君ではなく、君の妹のアリアと改めて婚約することにした」

「アリアと？」

　私より三つ歳の離れた妹、アリア。彼女はちょうど今年成人する。婚約者とするには、なんの問題もない相手ではあった。

「彼女はとても素敵な子だ。僕の前で、決して嘘をつかない。なんでも包み隠さず、真摯に答えてくれる。まだ垢《あか》抜けないところもあるが、そこも魅力的だ」

「カイン様は……アリアと親しかったのですか？」

「当然だろう？　君の妹だ。交流する機会はいくらでもあった。君は毎日宮廷にいたから知らなかっただろうけど、これまで何度も会っているよ」

「……」

　言葉が出なかった。まさか、こんなにも堂々と本人の目の前で、妹と浮気していたことを告白されるなんて。

　私が必死に仕事をしている間に、二人が仲良くしていた。想像すると……ふつふつと怒りがこみ上げてくる。だけど言葉には出せない。出したところで意味はない。

「アリアは……なんと言っているんですか」

「もちろん彼女も了承済みだよ」

「そう……ですか」

もう、これ以上話すことはなさそうだ。結論はとっくに出ている。カイン様から言われるより先に、せめて自分から言おうと思う。私は背筋を伸ばし、ゆっくりと頭を下げた。

「今までありがとうございました。カイン様」

「ああ、僕としても、いい経験にはなったよ」

こうして、私とカイン様は他人に戻った。あっさりと、感慨深くもなく。

人と人との繋《つな》がりなんて、こうもあっさり切れてしまうんだと知った。

しばらく、一人で研究室に籠《こも》った。カイン様が去った後も、ショックが大きくて何も考えられない。純粋に、裏切られていたことのショックが……。

深く愛し合っていたわけじゃない。そんな相手でも、裏切られると心が重たくなる。それでも皮肉なことに、仕事の手だけは勝手に動く。

身体にしみついてしまっているんだ。これを終わらせないと帰れない。帰って……休みたい。

「はぁ……なんでこうなっちゃうのかな」

思えば私の人生は、思い通りにならないことの連続だった。

私は、本来ロースター家の人間じゃない。母は平民で、父とは一夜の関係だったという。

そうして私が生まれ、父はその出自を隠すために母の祖父母と暮らしていた私を長女として迎え入れた。けど、その頃にはアリアが生まれていて、私のロースター家での扱いはひどいものだった。

父は私と目も合わせない。義母は私のことを目の敵にする。そんな私を、使用人たちは憐れむように見る。

妹のアリアも、私のことを馬鹿にしてくる。ロースター家に、私の居場所はなかった。それでも、唯一の生きがいを見つけた。

魔導具作りをしている時だけは、他のすべてのしがらみから解放される気分になった。

物作りは楽しい。誰もが驚くような発明をしてみたい。そうして一人、魔導具作りの勉強をしているうちに、気づけば宮廷魔導具師になっていた。

今から六年前、十四歳の頃で史上最年少だったという。周囲から注目を浴びたのも生まれて初めてだった。私のことを知って、多くの人が見る目を変えた。

友好の深いバルムスト家から、カイン様との婚約の話が持ち掛けられたのもこの頃だった。

時は経ち、成人年齢である十八を超え婚約し、宮廷という最高の環境で物作りができる。この時の私は、何者でもなかった自分が、周囲に認められたことが嬉しかった。

厄介者扱いされていた私の人生で、何かが変わると思えた。でも、結局上手くはいかなかった。

期待されるとは同時に、恨《うら》まれることでもある。私のことが気に入らない先輩、室長にいじめられて、無茶な仕事を押し付けられるようになった。

なんとか頑張って終わらせても、今度はもっと多い量の仕事が飛んでくる。疲れきった私の唯一の救いが、偶《たま》に会いに来てくれる優しいカイン様だったけど……それも失ってしまった。
私は、本当の意味での孤独を体験している……のかもしれない。

「いっそ辞めて……」

これまで何度思っただろうか？

逃げ出したい。宮廷なんて辞めて、どこかでのんびり暮らしたい。

「……無理だよね」

ただの希望でしかない。仮に逃げ出したところで、その先どうやって生きていく？

仕事を探すのだって大変だ。身元が不確かな人間なんて、まともな職場は普通は雇ってくれない。

下手をすれば、今よりひどい生活に……も、あまり考えられないけど。

「はぁ……」

もうすぐ今日の分の仕事は終わる。日付がそろそろ変わって明日になる時間。明日になっても、今日のように慌ただしい日々が続く。

違いがあるとすれば、わずかな救いもなくなったことだろう。もう、虚無で仕事に打ち込むしかなさそうだ。

溜息しかでない。

◇◇◇

仕事を終らせた私は、トボトボと研究室を出ていく。やっと帰宅してベッドで眠れる。嬉しいはずが、今日はいつもより足取りが重い。

さすがにみんな寝ている時間だろうけど、万が一起きていて、ばったり出くわしたらどうしよう。

お父様、お義母様、アリア……使用人も、婚約破棄のことは知っているに違いない。会えば必ず嫌味なことを言われる。そして、明日ここへ出勤したら、室長に馬鹿にされるんじゃないかと想像する。

何もかもが億劫で、歩くことすらしんどい。今夜は研究室に泊まったほうがいいかもしれない。

何度か経験はあるし、初めてじゃない。私は立ち止まる。

「戻ろっかな」

そして踵を返す。ちょうど中庭を通り過ぎたところだった。

ガサガサガサ！

「え？」

中庭に私以外の何かがいる。動物や虫にしては音が大きい。かすかだけど、呼吸のような音も聞こえている。こんな夜遅い時間に、宮廷に人がいること自体が不自然だ。今まで一度も、ここで誰かと遭遇したことはない。

かすかに呼吸音が聞こえる。誰かがいるのは明白だ。あまりまともな人間だとは思えない。

まさか盗人……暗殺者とか？

急に怖くなって、その場から走って逃げだそうとした。

「はぁ、っ、ぅ……」

庭の木の裏から聞こえてきた声は、明らかに苦しんでいた。気づいた私は逃げるのをやめる。

静かな夜に耳を澄ませば、誰かの呼吸音がより大きく聞こえてくる。

確かに乱れているのがわかった。それもかなり弱っている。恐怖がないと言ったら嘘になる。だけど、気づけば私の身体は勝手に動き出していて、音がするほうへと駆け寄っていた。

「だ、大丈夫……ですか？」

恐る恐る木の裏を覗き込む。そこには一人の男性が座り込んでいた。私は一目で、彼が誰なのか理解する。

「ユ、ユリウス殿下!?」

ユリウス・ユークリス。この国の第二王子様の顔を見間違えるはずもない。薄暗くてよく見えないけど、銀色の髪と淡く青い瞳が特徴的で、多くの女性から人気もある。ただ、私が見たことのある彼とはいささか違う。右半身に見たことのない黒い模様が広がっていた。

「お、お前は……」

「わ、私はフレア、宮廷魔導具師です！」

「魔導具師……こんな時間まで宮廷に残っていたのか……誤算だったな」

「何があったんですか！　この模様は……」

殿下は苦しそうに胸を押さえている。心臓が苦しいのか、呼吸が苦しいのか。もしくはどちらも、か。一目で深刻な状況であることは察しがつく。

「い、今、人を呼んできます！」

「やめろ！」

殿下が私の腕をがしっとつかむ。

その手から尋常ではない高熱が伝わってくる。

「余計なことをするな。このことは……誰にも言うんじゃない」

「ど、どうしてですか？　すごい熱です。明らかに何かの病気にかかっているのに」

「病気じゃ……ない。これは……呪いだ」

「呪い？」

「そう……だ。ぐっ……」

「殿下！」

症状がひどくなったのだろう。殿下がつかんでいた私の手を放す。私は咄嗟に、落ちる殿下の手を握った。指先から感じる高熱は、およそ人間が耐えられる体温の限界に近い。

このままだと命にかかわる。

「俺のことは……いい。忘れて、もう帰るんだ」

「……できません」

「なにを……」

「こんなに辛そうな人を……放っておけるわけないじゃないですか！」

私は殿下の手を引き、腕を肩に回す。非力な私にとって、成人男性一人を支えるのはギリギリだ。それでも無理やり起こす。

「失礼します。無礼をお許しください」

「な、なにをするつもりだ」

「私の研究室に行きます」

この症状が本当に呪いなら、あの魔導具が役立つはずだ。研究室まで到着すればきっと元気になる。だから――

「もう少し我慢してくださいね」

「……ああ」

少し軽くなった気がする。殿下の両足が、私の動きに合わせて動いてくれる。歩くスピードを増して、私と殿下は研究室に向かった。

明かりの消えた研究室に入り、殿下を簡易ベッドの上に下ろす。硬いベッドで寝心地は悪いけど、今は我慢してもらおう。部屋の明かりをつけてから、棚から魔導具を探す。

「えっと、あった！」

見つけたのは銀色の腕輪。それを殿下の右腕に、模様が広がっている側に装着する。

「これで……」

　魔導具が効果を発揮する。

　半身に広がっていた黒い模様が、徐々に薄れて消えていく。代わりに腕輪が黒く変色していった。まるで、殿下の呪いを腕輪が吸収するかのように。

「……っ、はぁ……」

「殿下」

「痛みが……薄れてきた」

「よかったぁ」

　予想通り、ちゃんと効いてくれたみたいだ。ホッとした私は近くの椅子に腰を下ろす。反対に殿下がベッドから起き上がり、模様が消えた右手をグーパーして確認する。

「この腕輪のおかげ……なのか？」

「はい。それは呪いを和らげる効果をもった魔導具なんです」

「魔導具？　そんなものがあるのか」

「はい。呪いは特殊ですが、大元は同じ魔法ですから」

　呪いには種類がある。殿下の受けていた呪いは、身体を対象に広がるタイプだろう。この手の呪いは、呪いをかけた相手をどうにかしない限り収まらない。だけど、呪いの進行を抑えることはできる。

「その腕輪は、呪いの対象を外に広げてくれるんです。今の殿下の身体を、呪いは腕輪が九、身体が一という割合で認識しています。対象が広まった分、呪いの効果が薄まったんです」

「よくわからないが、完全に呪いが解けたわけじゃないんだな？」

「はい。呪いの解呪は発動者にしかできないので……申し訳ありません」

「いや十分だ。おかげで身体が軽い。痛みのない夜を過ごせるなんて久しぶりだよ。この呪いは、夜に進行するみたいだからな」

時間帯を指定した呪いの進行。殿下の話から推測するに、毎晩呪いが進行し、いずれ全身をあの模様が覆ったとき……完全に発動して死ぬ。

そういう呪いなのだろうと考える。

「助かったよ。フレア、だったか？　君は命の恩人だ」

「い、いえそんな。私は偶然居合わせただけですので……その、無礼なことをしてしまい申し訳ありません」

「無礼なんてとんでもない。君の人を助けようという行動は、この国の王子として誇らしいよ。こうしてすぐ対処もしてくれたし、君は優秀な人材だね」

「優秀……」

なんだか久しぶりに言われた気がする。

「俺のほうこそすまなかった。強い言葉を使ってしまって……ただ、このことは誰にも言わないでほしい。それだけは約束してくれないか？」

「ど、どうしてですか？」

「ふっ、一国の王子が誰かに呪われた……なんて、知られたら大事だろう？　父上たちも心配する。俺は……誰にも心配をかけたくないんだ」

「だから中庭に……」

　苦しんでいる姿を、他の誰にも見られないように。この人は……。

「どうして、呪いなんて」

「さぁな。まぁ、俺を恨んでる人間はたくさんいるだろ。王子なんて立場は嫌でも注目されるし、悪人たちからは敵視される。できるだけ早く呪った相手を……ところで、君はどうしてあそこにいたんだ？」

「え、あ……それは、仕事で」

「仕事？　もうとっくに終わっている時間だろう？」

　それはそうなのだけど、私にも事情がある。特に今日は、いや昨日はいろいろとあったから。

「はぁ……あ、すみません！」

　殿下の前で溜息をつくなんて。自分で抑えきれないほど弱っていることを自覚する。そんな私を見て、殿下は優しく微笑む。

「フレア、俺にできることはないか？」

「え？」

「君は命の恩人だ。何かしてほしいことがあれば言ってほしい。俺にできることなら叶えたい」

「そ、そんな、私は……」

「いいから。遠慮なんてしないでくれ。素直に、思ったことを言って欲しい」

　素直に……私の望みはなんだろう？

　カイン様ともう一度婚約者に戻りたい？

　ううん、違う。一度でも浮気していた人なんて、今さら婚約者に戻りたいとは思わない。

　仕事量を減らして欲しい？

　嬉しいけど、その後が怖い。きっと私に対する風当たりは一層厳しくなるだろう。いろいろと思い浮かんでは消えていく。

　結局、私が欲しかったのは――

「お休みが欲しいです！」

「……休み？」

「はい」

　ただ、心と身体を休める時間が欲しかった。それだけでよかった。

「休みならあるんじゃないのか？」

「一応……ありはします」

「……まさか、休みの日も働かされてるのか？」

「あ、あははは……」

　私は笑ってごまかした。すると殿下は怖い顔をする。

「笑い事じゃないぞ」

「す、すみません」

「いや、君に怒っているわけじゃない。魔導具師だと言ったな？　他の者は？　君だけ残っているのは？」

「あ、えっと……」

殿下はぐいぐい質問してくる。どう答えればいいのかわからず、私はオドオドする。

「何かあるんだな？」

「いえ、そんな」

「いいから、本当のことを教えてくれ」

「……はい」

結局、殿下の圧に負けてすべて話すことにした。今日起こったこと。それ以前から続いていることを。話すつもりはなかったけど、話しだすと止まらない。

思うところしかないから、次々に愚痴が出てくる。

「なんだそれ！　思いっきりパワハラじゃないか」

「あ、やっぱりそうなんですね……」

「自覚なかったのか？」

「……多少は思ってました。でも、期待してるからって」

殿下は大きく溜息をこぼす。

「あのな、無茶な仕事を与えられることは期待って言わない。どう考えても君への嫌がらせだ。

よく六年も耐えたな」

「あははは……そうするしかなかったので」

「婚約破棄の件もだ。怒ってよかったんだぞ？」

「怒れない……ですよ」

失望させてしまったことは事実だ。カイン様も、最初から冷たかったわけじゃない。そうさせたのは私だ。もっと早く相談していれば……とか、もう手遅れなことを考えている。

「そうか？　俺は、婚約者が君のことをちゃんと見ていなかっただけな気もするけどな」

「そう……でしょうか」

「まぁ、君がどう思うかは君の自由だ。ただ少なくとも、君が今置かれている環境は普通じゃない。それだけは事実だ」

「……はい」

わかっている。私が、多くの人から嫌われていることは。嫌というほど思い知らされた。またあふれそうになった溜息を、ぐっと堪える。

「……よし、決めた。フレア、明日の朝までに荷物をまとめておけ」

「え……？　荷物って、まさかクビですか⁉」

本音を話したから、王国に反感を持っていると思われた？

急にクビになったらどうやって生きていけばいいの？

「違う違う。むしろ昇格だ」

「しょ、昇格？」

「ああ、たっぷり休みもとれるぞ？　期待していい」

私は首をかしげる。

その意味を知ったのは翌日の朝ごろだった。

◇◇◇

「本日をもって、フレア・ロースターを第二王子付き特別宮廷魔導具師に任命する……」

「とのことです」

朝、私のもとには一通の任命書が届いた。同じものが室長のところにも届いていて、そこに記されていた内容を、室長が読んでいる。

第二王子付き、つまりユリウス殿下直轄の魔導具師になるということだ。

正直とても驚いた。殿下が何かしてくれる雰囲気は伝わっていたし、期待もしていたけど、まさか殿下の下で働く資格をいただけるなんて。

過労で息も苦しいこの場所から抜け出せる。そう思うと感謝しかない。

「そういうことなので、今後私への仕事がある際は殿下に一度通してください。この研究室もお返しします。殿下が新しく用意してくださるそうなので」

「な、なんなのこれは？　一体どういうこと？」

「それは私にもわかりません」

殿下から私へのプレゼントだ。本当は知っているけど、殿下から呪いの件も含めて口留めされている。何より、この人はもう私の上司じゃなくなった。

話す必要はない。

「今までお世話になりました」

私は深々と頭を下げて挨拶をする。

「ま、待ちなさい！　まだ仕事が残っているでしょう！」

「昨日までの仕事は終わらせました。今日からの分は、先に殿下を通してください」

「通常業務もあるのよ！」

「それも、殿下が今後は判断してくださいます。その任命書にも記載されているはずです」

これまでの業務は他の宮廷魔導具師へ引き継ぐこと。本日より実行する、と。ちなみに代わりとなる魔導具師には、室長の名前が記されていた。もちろん、殿下からの指示だ。

断ることはできない。立ち去ろうとする私を室長は必死で引き留める。よほど私の仕事を代わりにやりたくないんだ。

「待ちなさい！　自分の仕事を押し付けるなんて無責任だと思わないの？」

「それは申し訳ないと思っています。ただ……」

これを言うのは、少々意地悪だろうか。でも、せっかくの機会だ。言ってしまおうと思う。今日まで耐えた分を一気に、うっぷんを晴らすように。

「私一人の仕事程度、室長なら難なくこなせてしまいますよね？　だって室長は、この国で一番優れた魔導具師なんでしょう？」

「っ……フレア……」

「お疲れさまでした。何かあれば、殿下にお伝えください」

そう言って扉を閉める。六年間お世話になった研究室に別れを告げ、宮廷から王城へと足を運ぶ。先に教えてもらった部屋に向かい、深呼吸をしてから扉を開ける。

「ようこそ、新しい研究室へ」

部屋の中で、ユリウス殿下が待ってくれていた。

新品の研究道具に、綺麗に掃除された部屋。宮廷の研究室よりも一回り広くて、隣には私が暮らすための部屋も用意されている。

もう、ロースター家の屋敷に帰る必要はない。宮廷で頭が痛くなるような激務に追われる心配もない。

ここで、彼のもとで働ける。朝起きて、仕事をして、定時には終わってゆっくり休む。休日だって定期的にある。

そんな普通の生活が送れるようになる。

「どうだ？　気に入ってくれたか？」

「はい！　最高の気分です！」

この日を境に、私を取り巻く環境は大きく変化する。これは一人の天才魔導具師が、無自覚に

人を、国を救う物語。
その始まりである。

第一章 新しい居場所

早朝。私の身体は何かに引っ張られるように目が覚める。バサッと布団をどけてベッドから飛び起きる。

早く準備しないと遅刻だ。今日もやることがたくさんある。魔導具施設の管理維持、魔導具量産に向けての調整、新魔導具の開発実験。その他にも書類作業がたんまりと。一秒でも早く取り掛からないと今日中に終わらない。

明日も明後日も、ギリギリの生活を送ることになる。そうならないように日の出と共に部屋を……。

「あれ、ここ……」

いつもの部屋じゃない。ここはロースター家の屋敷ではないことに遅れて気づく。せわしなく動いていた全身がピタッと止まり、窓の外へ視線を向ける。

透き通るような青空には雲一つない。同じ朝でも、見る場所によってこうも違うのか。

「そっか……私、王城にいるんだ」

寝ぼけていた頭がハッキリと目覚める。夢と現実がごちゃ混ぜになっていたものが、すっと整理された。昨日、私は第二王子付き特別宮廷魔導具師へと昇格したんだ。

それに伴って研究室が王城に移動し、寝泊まりができる専用の部屋までもらった。もう無理に屋敷へ帰らなくてもいいように。新しい居場所を、帰る場所を貰った。

「いつもの癖で起きちゃったけど……どうしよう」

特に予定は入っていない。昨晩ユリウス殿下から、明日はゆっくり休むようにと言われただけだ。

今から何をすればいいのか。何ができるのかわからないまま、私はなんとなくで着替えを済ませた。部屋の中には料理ができるキッチンも備え付けられている。

食材も用意されていたので、適当に朝食を作って食べた後、ぼーっとしながら時間が過ぎるのを待った。

「ふぅ……なんだか久しぶりだなぁ」

こんなにも穏やかな朝は。私にとっての朝は、戦場へ赴《おもむ》く前の兵士の心情に近い。部屋を出て研究室に入れば、仕事が終わるまでは決して出られない。

遅刻なんてしようものなら、室長から何を言われるかわからないし。とにかく急いでいた。朝食を食べる時間すら削っていたこともある。

昼食も……時々食べられなかった。それが今は、ゆったりと流れる時間の中にいる。温かいお茶を飲みながら、食後のひと時を満喫できる。

なんて幸せなんだ。

「……」

無言でお茶をすする。特に何を考えるわけでもない。虚無な時間。時計の針が動く音が必要以上に大きく聞こえる。

「……よし」

私は勢いよく立ち上がり、食器を片付ける。片付けが終わったら部屋を出る。廊下に出て、一旦立ち止まった。

「殿下はどこにいらっしゃるのかな」

ぼそりと口から漏れる。私は殿下を探しながらフラフラと王城の廊下を歩く。

宮廷魔導具師として働いていた私でも、王城へ赴く機会は早々ない。宮廷が働く場所なら、王城は住まう場所だ。

もちろん、王族の方々が住んでいる。だから普通は、招かれでもしない限り王城へ入ることはない。

「どっちだろ……」

当然道はわからない。私はとりあえず思った方向へ進むことにした。朝も早い時間だ。あまり人は多くない。

今のところ後ろにも前にも、私以外の人影はなかった。

「誰かいないかな」

無暗に探しても見つからない。誰か人を見つけて道を尋ねようと思っていた。キョロキョロしながら廊下を歩く。すると、曲がり角でばったり目的の人物と遭遇する。

「ユリウス殿下！」

「フレア、どうしてここに？」

「殿下のことを探していたんです。お伺いしたいことがあって」

「そうなのか。じゃあ場所を移そう」

　運よく殿下と会えた私は、彼の案内で城内を歩く。向かった先は、殿下が普段仕事をしている執務室だった。

　中に入ると仰々しい机と椅子が奥に、中央には対面で話せるようにテーブルを挟んでソファーが二つ用意されていた。

「適当に座ってくれ」

「あ、はい」

　私は言われた通りソファーに座る。殿下は私の向かい側のソファーに腰を下ろす。

「で、聞きたいことって？」

「はい。私は何をすればいいんでしょうか。殿下の計らいでこうして王城に来られたのは嬉しいのですが……」

　やることがない。働かなくてもいいというのは、逆に不安になる。

　毎日忙しく働いていた弊害だろうか。じっとしていられない。何もしていないと、どうにもむず痒《がゆ》い。という話を、素直に殿下へ伝えると……。

「はははっ、だからこんなにも早く起きて俺を探してたのか」

「はい」

殿下は呆《あき》れたように笑った。そのまま優しいまなざしを向け、私に言う。

「真面目だな、君は」

「え、いえ、そんな……普通だと思います」

「君にはそうなんだろうね。けど、誰でもできることじゃない。これまで大変な日々を過ごして、それでもひたむきに仕事と向き合えて来たのは、君が誰より真面目だからだ。そこは誇っていい」

「あ、ありがとうございます」

なんだろう？

褒められるって、こんなに恥ずかしかったっけ？

恥ずかしいだけじゃなくて、すごく……嬉しい。心の奥がジーンとなるような。私のことをちゃんと見てくれていると感じられる。

「正直、今日からしばらくは、休んで貰おうと思っていたんだ」

「え……？　お休み、ですか」

「そう。だってそれが君の望みだっただろ？　休みが欲しいって言ってたじゃないか」

「あー……そうでしたね」

殿下にして欲しいことはないかと問われ、悩んだ末に出た回答がそれだ。ただ、今から思うと間違っていた気もする。

「なんだ？　休みはいらないのか？」

「いいえ、休みは欲しいです。ただ……ずっと休みたいわけじゃなくて、適度に欲しいと言いますか」

「ふっ、要するに、普通に働いて、ちゃんと休みが貰えればそれでいいってことか？」

「はい。せっかく殿下の下で働けるなら、ちゃんとお役に立ちたいです」

　宮廷での私の扱いを見かねて、殿下はここへ招いてくれた。殿下は恩返しだと言ってくれたけど、お世話になる以上はしっかり働きたい。

　第二王子付き特別宮廷魔導具師。その名に恥じないような働きを見せたい。

「真面目だな」

　そう言って笑うと、殿下は立ち上がり、仰々しい机の上にあった紙の束を手に取り、私の前に置いて見せた。

「君に来ている魔導具師としての仕事だよ」

「こ、こんなに……？」

　なんだか見たことのある名前が紙には書いてある。すぐに察した。この依頼はすべて、私がこれまでやっていた仕事だと。

　紙に記された依頼内容を右から左へ見ていく。

　見れば見るほど既視感を覚える。明らかに私がやっていた仕事……というか、本来なら今日やるはずだった仕事だ。

細かい字で書かれた紙が一、二、三……十三枚もある。文面にすると中々の量。これを一人で、一日でやっていたと思うと、自分でも頑張っていたんだなと再認識させられる。

「気づいていると思うけど、これを送ってきたのは宮廷魔導具師の室長だ」

「……そうですよね」

彼女以外にいないだろう。私の仕事を細かく把握していたのは、室長である彼女だけだ。そして、今の立場になる際に私は室長に言った。

もしも私にやってほしい仕事がある場合は、必ず殿下に話を通してください、と。

まさか普通に殿下に申請してくるなんて……それもこの量を平然と。

「すごい上司だな」

「あははは……」

「笑い事じゃないぞ。どうやらあの室長は、ちっとも反省していないみたいだな」

「悪いとは、思っていないんだと思います。よく言われてましたから」

これは貴女がやるべき仕事よ。自分の仕事なら責任をもって最後までやり遂げなさい。

量が多い？

能力に応じて仕事の内容や量は決まっているの。

これくらい貴女ならできるでしょう？

何度聞いたかわからないセリフだ。今でも脳内で繰り返し思い出すことができる。私は溜息交じりに、これまで室長に言われたことを殿下にも伝えた。

「君以外の魔導具師へはどうだったんだ？　他にも似たような扱いを受けていたりは？」

「なかった、と思います」

「君だけか。余計にたちが悪いな」

私は笑って返す。室長がこれまで私にしてきたこと、口にした言葉。それを正しいとは思っていない。だけど、元上司を悪く言うことは……私にはできなかった。

「君は素直なだけじゃなくて、優しいな」

「え？」

「いや、甘いとも言える」

「甘い……」

殿下は頷《うなず》き、私に言う。

「君はたぶん、他人が悪いとか考える前に、自分が悪いんじゃないかと悩むタイプの人間だろう？」

「……そう、かもしれませんね」

実際その通りだと思う。理不尽な要求も、厳しい言葉も。私に問題があるから悪いんじゃないか。

相手を怒らせるようなことを、気づかないうちにしているんじゃないか。毎日のようにベッドで考えていた。眠る前に、その日の自分を振り返って。

大抵が後悔ばかりだ。

「他人のせいにせず自分が完璧になろうと努力する。それ自体はいいことだ。これからも続ければいい。だけどな？　客観的に見ておかしいと少しでも感じたら、誰かに相談するべきだ」

「相談……そうですね」

「相手がいなかった、って顔してるぞ」

「……はい」

　相談する相手なんていなかった。同僚は私を避けているし、友人もいないし、家族だって私の味方をしてくれない。

　私は一人で悩むしかなかった。

「なら、これから俺に相談すればいい。俺は君の味方だ」

「殿下……」

「俺は君に助けられた。いや、今も救われている」

　彼の右腕には、私が渡した呪いの効果を和らげる特殊な魔導具。今も彼は呪われ続けている。しかし腕輪をつけていれば、呪いの影響を抑えることができる。

　私たちは視線を合わせる。

「今度は俺に、君を助けさせてくれ。そうしなきゃ不公平だろ？」

「……ありがとう、ございます」

　そんな風に言ってくれる人に初めて出会った。私の瞳は涙で潤む。こぼれそうになった涙を拭《ぬぐ》う。殿下はその姿を見て優しく微笑み、テーブルの上に置かれた依頼書を指さす。

「じゃあ、これをどうする？　全部受けるか？」

「いえ、一人でやれる量じゃないので」

「そうか。じゃあできるものを選んでくれ。それ以外は返却する。室長には断りを入れておこう」

「はい。よろしくお願いいたします」

自分の仕事を自分で選べる。そんな贅沢《ぜいたく》をしてもいいのだろうか？

自問自答の答えは、殿下の優しい笑顔で決まる。殿下が許してくれるならそれでいいんだ。私はもう、殿下に仕える魔導具師なのだから。

◇◇◇

「なっ……これはどういうことなの？」

「ユリウス殿下からお預かりした書類です」

「そういうことじゃないわ」

依頼書はユリウスから騎士に渡され、そのまま室長へと渡った。戻ってきた依頼書を見て彼女は汗を垂らす。提出した四分の三が戻ってきていることに苛立ちを感じている。

「もう一度殿下にこれを提出してもらえないかしら？」

「それはできません」

「どうして？」

「殿下のご命令です。こちらの依頼書の仕事は、すべて貴女が責任をもって処理するようにと」

「っ……」

宮廷で働く者たちにとって、王族の命令は絶対だった。

たとえそれが、どれほど理不尽な内容でも。ただし今回の場合は、突きつけた理不尽が自分に返ってきただけに過ぎない。つまり、自業自得である。

「で、殿下と直接話がしたいわ。私も王城へ」

「できません。王城へ入るためには、王族の方どなたかの許可がいります。たとえ宮廷で働く方でも許可なく入ることはできません」

「くっ……なら、殿下に言伝を。お話があるので、お時間がある際にお越しいただきたいと」

「わかりました。お伝えしましょう」

そう言って騎士は去っていく。自分から会いにいくことはできず、待つしかない歯がゆさ。そして戻ってきた大量の仕事。彼女は唇をかみしめる。しかし、まだ始まったばかりだ。

彼女にとって本当の地獄は、ここから始まる。

◇◇◇

「本当について来られるのですか？」

「なんだ？　俺が一緒じゃ迷惑だったか？」

「迷惑なんてそんな！　殿下もお忙しいのに、その……私なんかと一緒にいらしていただき申し訳ないと思って」

「ははははっ、君は遠慮しがちだな」

私の隣を歩く殿下が笑いながら言う。

「俺が興味あるんだよ。魔導具師の仕事がどんなものか」

「見たことはないんですか？」

「機会がなくてな。話だけは聞いてるよ。この国を支える重要な役職の一つだ。いい機会だし、実際にこの目で確かめたい。これも王子の務めだよ」

「大変ですね」

何気なく私は返す。

殿下は一言、君ほどじゃないさ、と笑って答えた。なんだか彼と話していると、時々彼が王子であることを忘れてしまう。

雰囲気というか、話し方や仕草が優しくて、どこか懐かしさを感じるせいだろうか。

私たちは王城を出て、宮廷がある方角へと向かう。宮廷魔導具師のお仕事は、ほとんどが宮廷内で完結する。

「どうした？　浮かない顔だな」

「そう……ですね。正直ちょっと不安です」

「初めて来る場所でもないだろう？」

「……だからこそです」

仕事のためとは言え、ここへ来るのは気が引ける。宮廷から出て王城へ入ったのが昨日のことだから余計に。たぶんもう広まっている頃だろう。

狭い世界だから噂《うわさ》が広がるのも早かった。宮廷の敷地に入ると、見知った顔が通り過ぎていく。予想通り事情を知っているのか、私の顔を見て目を逸《そ》らす者が数名いた。

殿下も一緒だから挨拶はされる。

不思議な気分だ。道中、私の元研究室を通り過ぎる。嫌でも意識して視線が行く。ただ不思議と、戻りたいとは少しも思わなかった。

そうして私たちは階段を下る。地下へと。

「この先に魔導機関の管理室があるんです」

「ここは前に一度来たな」

「そうなんですか？」

「ああ。子供の頃に一度だけ。宮廷の中を探検していたら迷ったんだ」

殿下は楽しそうに昔話を語ってくれた。どうやら殿下はわんぱくな子供だったらしい。今の殿下を見ていると、とてもそうは思えない。

成長と共に落ち着いた性格になったのだろう。そんな感想のような話を殿下に話すと、彼は笑いながら首を横に振る。

「そうでもないさ。いまだにせっかちだってよく父上や兄上には怒られるよ」

「そうなんですか？」

「ああ。父上たちとは会ったことあるか？」

「いえ、お顔を拝見したことがある程度です」

宮廷で働いていても、国王様や殿下と接する機会はあまりない。

定期的に報告で面会するのは室長くらいだろう。そういえば、室長の姿が見えなかったな。

いつもならこの時間、各部屋を回って仕事の進捗《しんちょく》を確認しているはずなのに……。

偶々会わなかっただけだろうか。ある意味でよかったとホッとする。そうしているうちに階段が終わり、長い廊下にたどり着く。

左右の壁についた照明のおかげで地下でも明るい。

「改めて思うけど」

「はい？」

「照明ってすごい発明だよな。このおかげで夜も安心だし、こういう場所でも迷わず進める。つくづく偉大だと思うよ」

「そうですね」

この国は魔導具技術の発展と共に生活が変化した。王都だけでなく、国中の街の生活を支えているのは魔導具だ。

照明、水、気温、生活用品などなど。私たちの生活に、魔導具は欠かせないものになっている。

どれもこれも、先人たちが生み出し残してくれた遺産だ。殿下の言う通り、偉大な方々だったと私も尊敬している。

「私もいつか、先人たちが残してくれたような発明をしたいです」

「それがフレアの夢、か」

「はい」

「いいんじゃないか。素敵な夢だ」

「ありがとうございます。あの、殿下の夢ってなんですか？」

「俺の夢か？　俺のは……この国に住む人たちの幸せが、この先も続いてくれることだよ」

そう言って彼は笑う。慈《いつく》しむように、少し恥ずかしそうに。心が温まる。私の夢よりずっと優しくて、素敵な夢だった。

私たちは目的の部屋にたどり着く。仰々しい鉄の扉をボタン一つで開き、中に入る。中には扉以上に仰々しい装置が設置されていた。

「ここまで入ったのは初めてだ。これが……魔導具なのか？」

「はい。正確には魔導機関といって、一般に知られている魔導具より規模が大きいものです」

ここにある魔導機関は王都中に広がる魔導設備の中枢である。ちょうど見ているのは、照明の設備を統括している魔導機関だった。

「これ一つで、王都全域の明かりを担っているのか。すごいな」

「他にもありますよ。水回りとか、魔導具用の接続口に魔力を流すための装置とか」

「何台あるんだ？」

「えっと、全部で二十七です」

地下の部屋は十。部屋の中に二から三台の魔導機関が設置されている。半数は魔力を生成し、王都中へ流す装置だ。

「そんなにあるのか？　というか、それを全部一人で管理してたのか？」

「はい」

「……こんなこと今さら聞くことじゃないが、大丈夫だったのか？」

「大丈夫、ではなかったですけど、なんとかやれていました。構造はわかっていますし、ちゃんと動いているかのチェックと、細かい調整だけですから」

「いや十分大変だろ。他の仕事だってあっただろうに」

大変ではあった。殿下の言う通り、他の仕事をしながらの管理だから時間をかけられない。移動もあって効率も悪かった。ただ、この国を支えている物の中枢だ。テキトーな仕事はできないからと、いつも最大限に集中して作業に臨んでいた。

「よかったのか？　これだけでも大変だろ？　他の者たちに回しても」

「……いえ、私がやります」

「どうして？」

「私が請け負ったお仕事の中で、これが一番大切だからです」

どういう理由であれ、私がやってきた仕事の一つ。人々の生活を支える大切な仕事を、急に他の誰かに任せるのは……ちょっと不安だった。

もちろん宮廷で働く魔導具師はみんな優秀だけど。殿下から見せられた仕事の中から選ぶなら、ここの管理を選ぶ。

ただそれだけだった。

「本当に真面目だな。君を見てると、なんだか自分が楽してるみたいに感じるよ」

「そ、そんなことは……」

「はははっ、いや、いい刺激になった。俺も頑張らないとな」

それから私たちは二人で装置の確認を終わらせる。いつもしている作業だけど、殿下に見られながらはちょっぴり緊張した。

装置の確認を終わらせた後は、残る仕事にも取り掛かる。慣れた手つきで作業を終わらせて、その頃には正午を超えていた。

「もう昼か。フレア、これまで昼食はどうしていたんだ？」

「普段ですか？　えっと、食べたり食べなかったり……です」

「……どこで食べてたか知りたかったんだが……」

「あー、大体は研究室でそのまま」

仕事の手が離せなくて、片手で仕事をしながら片手で昼食を摂る。なんてことも頻繁にあった。

ゆっくり昼食を食べられたのっていつが最後だろう？

思い出せないから、最初からなかったような気もしてきた。

「じゃあ、今日は俺と一緒にどうだ？」

「殿下と？」

予想していなかった提案に私は驚いてしまう。キョトンとした私を見て、殿下はちょっぴり悲しそうな顔で尋ねる。

「嫌か？」

「そんな！　光栄です」

殿下と一緒にお食事……私なんかがご一緒していいのかと不安になる。そんな私に殿下は言う。

「ならよかった。ちょうど一人で食べるのは寂しいと思っていたんだよ」

「お一人なんですか？　陛下やクラウス殿下がご一緒なのかと」

ユリウス殿下の御父上であり、この国の現国王アーザルド・ユークリス陛下。

第一王子のクラウス・ユークリス殿下。そしてお二人の御母上であるミストリア・ユークリス王妃。名だたる王族の方々と同じ場所で食事をするなんて、考えただけでも緊張してしまう。

そう思って気を引き締めていたんだけど、どうやら違うらしい。

「父上は外交で隣国へ行かれている。兄上も視察で別の街、母上はもとから王都では暮らしていないよ」

「そうだったんですね」

「ああ、だから変に緊張しなくていい。俺と君の二人だけだ」

「二人……」

それはそれで緊張する。第二王子と二人きりで食事って……現実味がないよ。ドキドキしながら殿下に続く。

地下からあがり、宮廷を出て王城へ。帰り道も見知った顔とすれ違ったけど、室長とは会わなかった。

会えば小言を言われると覚悟していたんだけど、杞憂に終わったようだ。その後、殿下と厨房へと足を運んだ。シェフの方に挨拶をすると、彼は伝える。

「昼食を二人分頼む。フレアは苦手なものとかあるか？」

「いえ、特には」

「じゃあお任せでいいな」

私はこくりと頷く。

「かしこまりました。少々お待ちください」

シェフが頭を下げた。先に食事をする部屋へ赴く。異様に長いテーブルに、十席以上の椅子が並んでいる。

奥の一番大きな椅子は、たぶん陛下が座る席なのだろう。

「あの、私はどこに座れば……」

「俺の向かい側でいいよ。兄上はいないから」

「ク、クラウス殿下の席なんですか？」

「ああ。別に気にしなくていいぞ？　そんなことで怒るような人じゃないから」

そう言われてもしり込みしてしまう。第一王子の席を借りる……なんて恐れ多いのかと。

ただ、いつまでも立っているわけにはいかず、殿下に大丈夫だと何度も説得されて腰を下ろした。思った以上にしっかりしたつくりの椅子だ。私が普段仕事をしているときの椅子とは全然違う。

「フレア」

「は、はい！」

「午後からのことだけど、君は休んでいていいよ」

「え、いいんですか？」

殿下は軽く頷いて続ける。

「請け負った仕事はさっき終わっただろ？　今のところ他にないし、無理して働く必要はない」

「そう……ですか」

「他の仕事に関しては、明日までに俺のほうで考えておくよ。だから今日は休め。休むことも仕事のうちだぞ？」

「……はい。ありがとうございます！」

殿下はちゃんと私の気持ちも汲んでくれる。その後も私の緊張を和らげるために、殿下のほうから話題を振ってくれた。気づけば話すことが楽しくて、窮屈さも消えていく。

殿下の近くは、なんだか居心地がいい。自然と肩の力が抜けて、ありのままの自分でいられるような……。

話しているうちに時間が過ぎて、昼食が運ばれていた。テーブルに並んだ料理に驚く。どこかのパーティーかと思うくらい、豪華な昼食が出てきた。

「さ、食べようか」

「い、いいんですか？　これ、私が食べても」

「当たり前だろ？　君のために用意してもらったんだ。むしろ食べないとシェフに失礼だぞ」

「そ、そうですよね」

「いただきます」

緊張してないで、しっかり味わって食べよう。久々にちゃんとした食事を摂れるんだし。

パクリ、と口に運ぶ。瞬間、はじけるようなうまみが口の中に広がる。

「美味しい」

「だろ？　うちのシェフは王国一の腕だからな」

「本当に美味しいです！　人生で食べた中で一番かも」

「ははっ、そこまでか」

殿下は楽しそうに笑う。大げさかもしれないけど、実際私はそう感じた。

食べる手が止まらない。美味しすぎて、ここが王城の食堂だということも忘れてしまう。

「フレアが望むなら、今後も毎日ここで食べるか？」

「え、いえさすがにそれは迷惑じゃ……」

「俺は構わないよ。父上たちが戻ってきたら相談してみるか」

「は、はい」

そこまでしてもらえる驚きと戸惑いを感じながら、口の中の美味しさも堪能する。本当に天国みたいな場所だ。夢の中にいるんじゃないかと疑ってしまうほどに。

食事の美味しさと、殿下の優しさが胸の中で溶け合って、居心地がいい。

「ご馳走様でした！」

「満足してくれたか？」

「はい！　とっても！」

「それはよかった」

殿下は嬉しそうに微笑み立ち上がる。楽しい食事の時間も、気づけばあっという間に過ぎていた。少しだけ名残《なごり》惜しい。

「殿下は午後からどうされるのですか？」

「俺は仕事だよ」

「そうですか」

もう少し殿下と一緒に……。

「そうだ。今日の夜だけど」

まさか夕食のお誘い？

私は期待した。

「夜も一緒に食事をしないか？」

「はい！」

私は元気よく返事をした。そんな私を見て殿下も嬉しく思ってくれたのか。それとも別の感情なのか……殿下が優しい目をして言う。

「よかった。ちょうど夜は、君と過ごしたいと思っていたんだ」

「はい。私……ぇ」

そ、それって……どういう意味？

心臓の鼓動が激しくなる。

殿下はこれまでと変わらない。私を見る目はいつも優しくて、落ち着いた雰囲気でそう言った。


一時間、二時間。特にやることもなく、いたずらに時間だけが過ぎていく。こういう暇な時間が嫌で、何か仕事をしていたい。

そう思っていたはずなのに、今はまったく別のことで頭がいっぱいだった。

「……で、殿下のあれ……そういう意味かな？」

夜を私と過ごしたい。昼食の終わりに殿下が私に言った一言が気になって、他のことは考えられない。椅子に座って時計を眺めながら、結論のでない問答を繰り返す。

言葉と表情から読み解くなら、男女が夜に会いたいという事実に偽りはなく、そういう意味合いだと思えなくもない。

「やっぱりそういう……いやでも……」

私と殿下は身分が違いすぎる。殿下はこの国の王子様で、私は一応貴族の長女だけど、肩書なんてあってないようなものだ。

やはり勘違いだろう。出会ったばかりの私に、殿下がそんなことを求めるとは思えない。でも、だったらどういう意味でいったのか。

肯定と否定を繰り返す。結局、その意図を知っているのは殿下だけだ。

私にできることは、殿下の意図を知った時にどうするか。もしも……殿下がそのつもりで私を呼んだのなら……。

「私は……どうしたい？」

自分に問いかける。

わからない。でも、嫌ではなかった。どういう形にしろ、誰かに求められたことのない私にとって、少なからず嬉しさを感じるから。そうこう考えているうちに時間は過ぎていく。

太陽が西の空に沈み、オレンジ色の光が部屋を彩る。そしてゆっくりと輝きは薄れ、夜になる。

今夜は特に月が綺麗だった。

◇◇◇

夕食の時間になり、私は食堂へ急いだ。明確に時間が決まっているわけじゃないけど、殿下を待たせるのは失礼だ。それに、いち早く殿下の言葉の真意が知りたくて。扉を開けると、すでに殿下が待っていた。

「お、早かったな」

「殿下！　お、お待たせして申し訳ありません」

「いや、俺も今来たところだから気にしなくていい」

「……」

私は殿下の顔をじっと見つめる。

「どうした？　早く座ったらどうだ？」

「は、はい」

私は慌てて席につく。座ってから、そこが誰の席だったか思い出す。

いろいろ考えているせいで頭の中がごちゃついている。

そこへ夕食が運ばれてきた。昼食よりも豪勢できらびやか。まさに王族の晩餐《ばんさん》という光景に、思わずごくりと息を呑む。

「さぁ、食べよう」

「はい！」

食事に手を付ける。昼食の時と同じ、本当に美味しくて幸せだ。ただ、手が止まらないというわけではなかった。別の緊張で料理に集中できない。

「どうした？」

「い、いいえ、殿下は――」

　ふと気づく。殿下の顔色が、昼間に比べて優れない。元気がないように見えた。

「俺がどうかしたか？」

「あ、えっと、殿下の午後のお仕事ってどんなものだったのかと」

「ん？　よくある書類作業だよ。ここのところいろいろあって溜まってたんだ。今日の昼間で一気に終わらせた」

「そうだったんですね。お疲れ様でした」

　殿下はありがとうと答えた。

　そのせいで疲れている？

　だったら気にしなくていいのかな？

　食事が終わる。

「ご馳走様。フレア、昼に話したと思うけど」

「は、はい！」

「この後一緒に、俺の部屋まで来てくれるか？」

「……はい」

　殿下は真剣な表情で私を連れ出す。ついにこの時がやってきた。私は殿下に連れられ、殿下の部屋に向かう。

　案内されたのは執務室ではなく、寝室だった。豪華なベッドがある。私はごくりと息を呑む。

「で、殿下……」

「ここなら誰の目もない」

やっぱりそういう意味で私を呼んで……？

覚悟はしていたけど、実際そうだと思うと緊張して、胸の鼓動が速くなる。が、突然殿下はベッドに座り込む。胸を押さえて苦しそうに。

「ぐっ……やっぱり始めはきついな」

「で、殿下！」

急いで駆け寄る。体中から流れる汗は発熱を意味する。

服の上から心臓を掴むようにぎゅっと握っている。相当胸が苦しいのだろう。呼吸も乱れ、汗の量はさらに増えている。

押さえている右手にはめられた腕輪が、黒く変色していることに気づいた。

「もしかして呪いが」

「ああ……夜になると強くなるんだ」

殿下は苦しそうな声で答える。私が渡した呪いを抑える魔導具はしっかり機能している。

黒く変色しているのがその証拠だ。なのに、殿下はひどく苦しそうで……。

「昨日より……また強くなってるんだ。呪いが発動する時間帯に入って最初の一時間くらいは、意識が飛びそうな痛みが走るんだよ」

「そ、そんな……」

「この腕輪のおかげでだいぶマシだけどね。本当に助かってるよ」

「殿下……」

私が思っていた以上に強い呪いだったらしい。日数の経過と共に強くなる。昨日より今日、今日よりも明日はもっと激しい痛みに襲われる。そして最後は……死が待っている。

「このことで君に相談したくてね。呪いのことを知っているのは君だけだから、どうにか二人だけになれる場所を選んだんだ」

「そうだったんですね……」

私は自分が恥ずかしくなった。殿下が苦しんでいるのに、私は何を腑《ふ》抜けたことを考えていたのか。ちょっと考えればわかったはずなのに。

「申し訳ありません、殿下」

「なんで君が謝るんだ？　君のおかげでこの程度で済んでいるんだ。君は俺の、命の恩人だよ」

「ですが……」

呪いを解呪できたわけじゃない。

解かなければ進行する。最悪の未来が訪れる。

「君に頼みたいのは、一時的でいいから呪いの進行を止める方法を聞きたくてね。この腕輪に近い何かを作ってもらえないか？」

「それはもちろん！　殿下のためなら私なんでも作ります！」

「ありがとう。頼もしいよ」

しばらくすると、呼吸の乱れが落ち着いていくのがわかった。呪い発動初期に来る強烈な痛みが治まったのだろう。殿下は汗を拭う。

「まったく困ったな」

「どうにかできないんですか？」

「難しいな。君が前にも言っていたけど、呪いは発動者を見つけて対処しないといけない。今は独自に調べて探している最中なんだ」

「手掛かりは？」

殿下は首を横に振る。

「こういう立場だ。俺を殺したい人間はたくさんいる。誰が犯人なのか正直わからない」

「そんな……」

「でも、このまま死ぬつもりはない。必ず見つけてみせる」

「……あの！　私にも手伝わせてください！」

それは、自分でも驚くほど自然に口から出た言葉だった。きっと心から思ったことなのだろう。

「私は殿下の魔導具師です。私の力も使ってください！」

「……危険だぞ」

「わかっています。それでも、殿下にいなくなってほしく、ないんです」

こんなにも優しくて、紳士的な人はいない。身分の違いも顧《かえり》みず、他人の心に寄り添い慈しむ心を持っている。

何より、私のことを認めてくれた。あの地獄から救い上げてくれた。だから、苦しんでいると知っていて、何もできないなんて嫌だ。

「お願いします！」

私は必死にお願いをした。たぶん、これほど何かに拘《こだわ》ったのは、生まれて初めてだったと思う。そんな私の熱意が伝わってくれたのだろう。殿下は小さく溜息をこぼし、少しだけ呆れたような笑顔を見せる。

「フレア……わかったよ」

そう言って、殿下は優しく微笑んだ。

「俺の命、未来を君に半分託そう」

「はい！」

どうか期待してほしい。私にできる精一杯を込めて、必ず殿下の呪いを解いてみせる。そう心に誓い、私は殿下と視線を合わせる。

この時宿った心の灯《ともしび》は、必ずやり遂げてみせるという熱意からだろうか。

それとも……。

第二章 ☾ ロースター家

夜。宮廷で働く者たちの多くは夕方には帰宅する。どれだけ遅くても、日が完全に沈む頃には宮廷を出る。

ただし例外は存在した。宮廷魔導具師のフレア。彼女は日付が変わるまで宮廷で働いていた。が、その例外がついに交代した。

「これでやっと終わり……残りは……」

テーブルの上に積み上げられた書類。すべて発注書である。宮廷では必要に応じて魔導具を発注し、期日までに作成して納品する仕事がある。

基本的な業務はすでに出回っている魔導具の管理と調整。新たな魔導具の作成は、時間とコストがかかるため頻繁には行われない。

そのすべてをフレアに押し付けていたため、魔導具を一から作るのは数年ぶりだった。

一体誰の話か？

もちろん、宮廷魔導具師の室長である。

「今日は残り一時間？　冗談でしょ……？」

時計を見て時間を疑う。何度確認しても午後十一時を回ったところだった。

宮廷には誰も残っていない。

自分一人だけが残され、孤独の中仕事を続ける。

いつ終わるのかわからない大量の仕事を。しかしこれも自業自得。頼れる者たちがいない苦しみを、今度は彼女自身が味わうことになった。

「なんで私がこんな……私は室長なのに」

フレアと違い彼女には、この状況から抜け出す有効な方法があった。

それは自身の非を認め、フレアに謝罪すること。これまで彼女にしてきた仕打ちを反省し、二度としないと誓えば、優しいユリウス殿下は慈悲を与えるだろう。

直接言われたわけじゃない。ただ、そうなる可能性が高いことを室長自身が感じていた。

気づいていながら実行しないのは、彼女のプライドである。宮廷魔導具師の室長とは、この国でもっとも優れた魔導具師であることの証明。そんな立場に上り詰めた自負が、他人に頭を下げることを許さない。

彼女は黙々と仕事を続ける。プライドが折れるのが先か。身体と精神が壊れてしまうのが先か。

どちらにしろ、今の彼女に明るい未来は存在しない。

◇◇◇

殿下を呪った犯人探しに協力することを決めた翌日。私は一人、宮廷の地下に来ていた。

自分で請け負った仕事はしっかりとこなす。

その上で、殿下を呪った人物を見つけ出す。私なりのやり方で。魔導機関をチェックしながら思考をめぐらす。

昨日の晩、私はじっくり考えた。どうすれば犯人を見つけられるのか。

闇雲に探しても見つかるはずがない。そんな簡単に見つかるなら、殿下がとっくに見つけているはずだ。

「まずは呪いについてもっと勉強しないと」

午前中に仕事を終らせた私は、その足である場所に向かった。

◇◇◇

「――ただいま」

ロースター家本宅。私が少し前まで暮らしていた場所。本来いるべき屋敷。正直ここへは来たくなかった。

思い出したくない思い出がたくさん詰まっている。でも、一番この屋敷で調べるのが効率がいい。よくも悪くも、慣れ親しんだ場所だ。

屋敷の廊下を歩く。私を見た使用人たちが一瞬驚いた顔をして、何事もなかったかのように頭を下げる。

一応、私に対する礼儀は守ってくれるからこの人たちはマシだ。

できればお父様やアリアとは顔を合わせたくないな。二人ともこの時間なら不在だろうし、義母様はあまり部屋から出てこないから大丈夫だろうけど。

「……嫌な視線」

ずっと感じている。

どうして戻って来たの？

何しに来たの？

そんな意味を含んだ視線があちこちから感じられる。ここは私の家で、私はここで育った。

自分の家に帰って来て何が悪いの？

何が不思議なの？

本当に居心地が悪い場所。王城のほうが……殿下のそばのほうが、何倍も心地いい。私は視線を全部無視して書斎に向かった。

書斎は屋敷の奥にある。私が魔導具作りを学んだ場所でもあった。

「本の匂い……うん」

この部屋は落ち着く。みんな使わないから、私だけの部屋みたいになっていた。

屋敷の中でもこの書斎だけは、私がゆっくり落ち着いて考え事をできる。

「呪い、呪い……あった」

書斎の棚から本を探す。王城にも書斎はあったけど、ここより広く本の数も多い。

それだと逆に探せないから、勝手知ったる我が家に帰ってきた。

呪いについて記された本を数冊手に取り、椅子に座って机に広げる。

ここにある本にはほとんど目を通した。といっても一度しか読んでいない本は、時間が経てば内容も忘れてしまう。

呪い。それは魔法の一種であり、特定の条件を満たすことで対象を死に至らしめる。

条件は多岐にわたり、もっとも単純な条件は接触によるもの。対象に触れることで呪いを付与する。より複雑かつ縛りのきつい条件を設けることで、呪いの効果は飛躍的に向上する。

呪いに対するもっとも有効的な対処法は……。

「発動者を無力化すること……か」

結局殿下を救うためには犯人を見つけるしかないみたいだ。

問題はどうやって探すか。そもそも犯人はどのタイミングで殿下に呪いをかけたのだろう？

この本によれば、呪いの効果は発動者が一定範囲内にいないと弱まるらしい。つまり、犯人は殿下の近く……少なくとも王都にはいるはず。

「せめて動機とか、呪いをかけた方法がわかれば……」

ガチャっと扉が開く。

「——あら、これはこれは驚きましたわ」

ノックもせず。使用人なら咎《とが》められる行為だけど、彼女なら怒られない。

甲高い声で得意げに笑いながら、彼女は私を呼ぶ。

「こんにちは、お姉さま」

「……アリア」

私から婚約者を奪った……アリア・ロースター。私の三つ下の、腹違いの妹。私が妾《めかけ》の子供で、彼女は正妻の子供。その影響もあって、屋敷内での私たちの扱いは天と地ほどの差があった。

アリアが溺愛されている中で、私はいない者のように扱われる。ほしいものはなんでも手に入る彼女と、願うことすらできなかった私。最近では、婚約者を私から奪った。

「使用人たちが噂していたから、まさかと思っていたら……本当にいらしていたんですね。お姉さま」

「……ええ。元気そうね、アリア」

「はい。アリアはとっても元気ですよ。この通り」

彼女はその場でひらりと回って見せる。きらびやかな服装を見せつけるように。

「この服似合いますか？　新しい服なんですよ」

「……そうね。似合ってると思うわ」

「ありがとうございます。ちゃんとお礼を言わないといけませんね。カイン様に」

「――――！」

アリアの口から、その名前を聞きたくはなかった。いいや、彼女とこうして向かい合った時点で話題には出ただろう。なぜならアリアは、私のことが嫌いだから。

表情を曇らせた私を見て、アリアは楽しそうにニコッと笑う。

「お姉さまもご存じですよね？　私、カイン様と婚約したんです」

「……」

ご存じ？

当り前じゃない。カイン様は私の婚約者だったんだから。声に出して文句を言いたくなったけど、なんとかぐっと我慢した。

反発しても空《むな》しいだけだ。早く会話を終わらせたくて、私は作り笑顔で彼女に言う。

「婚約おめでとう。アリア」

「ありがとうございます。これもお姉さまのおかげですね」

「っ……」

わざとだ。彼女はあえて私を煽《あお》っている。怒りを吐き出す姿を楽しみにしている。

アリアはそういう子だ。昔から……新しいドレスを貰うと、必ず私に見せに来る。

どうですか？

似合っていますか？

お決まりのセリフに私は答える。

うん。似合ってる。そう言うと彼女は嬉しそうに笑う。だけど、褒められたから嬉しいわけじゃない。

私には一生縁がないものを見せつけて、その反応を楽しんでいるだけだ。

彼女は私のことが嫌いだ。

直接口で言われたことはないけど、間違いないと思う。そういう嫌味な態度やセリフを聞いているうちに、私も彼女のことが苦手になっていった。

「ところでお姉さま、ここで何をされているんですか？」

「調べものよ」

「そうだったんですね。聞きましたよ。ユリウス殿下の下で働いているんですよね？　すごいです」

「……ありがとう」

笑顔が少しだけ怖い。快く思っていないことがよくわかる。私の出世は彼女には面白くないのだろう。

「でも、わざわざ屋敷に戻って調べものですか……王城で探せばいいのに。もしかして、王城にも居場所がないんですか？」

「……そんなことないわ。ここへ来たのは、よく知ってる場所のほうが調べやすいと思っただけよ」

「そうなんですか〜。てっきり私、殿下の期待に応えられなくて追い出されちゃったのかと思いました。早とちりしてしまったみたいですね」

「……」

そうだったらよかったのに……。

声に出さなくても、彼女が考えていることなんて手に取るようにわかる。

あれはそういう表情だ。本当に面白くないんだね。私が殿下の下で働いていることが。私が認められたことが。

こうして向かい合っているだけで、彼女の苛立《いらだ》ちが伝わってくる。

それが少しだけ……心地いいと感じてしまう。私は読んでいた本を重ねて持ち上げ、本棚へと近づく。

「あら？　もう調べものは終わりですか？」

「ええ、調べたいことはわかったから」

それに、アリアが来ちゃったら書斎も居心地のいい場所とは呼べない。

書斎にある呪いについて記された本にはすべて目を通した。もう、ここで得られるものは何もない。

本を片付け終わった私は、急ぎ足で扉のほうへ向かう。

「そんなに急いで戻らなくても。せっかく久しぶりに会えたんですから、夜まで残っていってはどうですか？　夕食をご一緒できるかもしれませんよ？」

扉の前で道を塞ぐように立っていたアリアから、思わぬ提案をされた。食事なんて、今まで一度も一緒に食べようとしなかったのに。

どういう風の吹き回しなのか。

「夕食を？」

「はい。お姉さまの分を用意していただけるかはわかりませんが」

「……そう」

そういうことね。私に惨《みじ》めな思いをさせようという……。

「ごめんなさい。夕食は先約があるの」

「先約？　お姉さまに？　一体どんな方なんですか？」

「ユリウス殿下よ。夕食は一緒に食べようって約束しているの」

アリアがピクリと眉を動かし反応する。明らかに笑顔がひきつる。私のことを笑おうとした……これまでの意趣返しだ。

「ユリウス殿下と？　ふふ、冗談がお好きですね、お姉さま」

「嘘じゃないわ。嘘みたいだけど本当なの。私も夢みたいって思っているから」

「……そうですか。殿下もお暇なのですね」

「そんなことないわ。毎日忙しそうにしていらっしゃるわよ」

言葉を返す度にアリアの表情が変化していく。もはや笑顔とは言えない微妙な表情で、私のことを睨《にら》むように見る。

私は心の中で笑ってしまう。悪くない感覚だ。

「それじゃ私は行くわ。殿下から預かった大切なお仕事もあるから」

「……へぇ、どんなお仕事なんですか？」

「ふふっ、内緒よ」

「……」

私は彼女の横を通り、書斎から出ていく。

最後の顔は見ていない。でも、容易に想像できる。

きっと今まで私に見せたことのない……面白い顔をしていたに違いない。

◇◇◇

アリア・ロースター。彼女の人生は、常に勝利で溢《あふ》れていた。

生まれながらにして優遇され、宝石のように大切に扱われる。ほしいものはすぐ手に入り、何不自由ない生活。そんな彼女の視界には、いつも可哀そうな姉の姿があった。

長女でありながら、妾の娘であるため家族から敬遠されている。屋敷ではいないものとして扱われ、声を発しても無視される。

望んでも何も手に入らない。自分とは正反対な人生を送る姉に、少なからず憐《あわ》れみを感じていた。が、それ以上に優越感を覚えた。

「ふふっ、やっぱりアリアは特別なのね」

哀れな姉の存在が、自身の優位性を実感させる。姉が傍にいるからこそ、自分が選ばれた人間なのだと思える。

生まれも、容姿も、才能も自分のほうが上。少しだけ早く生まれただけで、年齢以外に負けている要素は一つもない。

ああ、なんて簡単な人生なのかしら。

彼女はそう思っていた。しかし、何もできない哀れなだけの姉には、他の追随を許さない希少な才能があった。それは、魔導具師としての才能である。

魔法の効果を物に付与することができる者は限られている。魔法を扱う才能と、魔力そのものを操り、体外に放出する才能が不可欠だ。

魔導具師は自身の指から魔力を放出し、魔力をインクにして道具に魔法を付与する。文字や記号で魔法を現すことが必要になり、そこには膨大な知識がいる。

誰でもなれる簡単な職業ではなかった。まさに選ばれし天才だけが手にする役職。

フレアは幼くして魔導具師としての才能に目覚めた。独学で魔導具作成の知識を学び、瞬《またた》く間に最年少で宮廷魔導具師になった。

周囲の反応も少しだけ変化し、柔らかくなった。

それでも姉妹の優位性は変わらなかったが、少なからず彼女を認める者が現れだしたのは事実だった。それが、アリアには許せなかった。

自分より優れている分野が姉にあることが、彼女を不快にさせた。

「アリアが一番なのよ」

だから、さらに姉を辱《はずかし》めることにした。婚約者を奪い、立場を奪い、フレアが持っているわずかな財産のすべてを奪いつくして。空っぽにしてから盛大に憐れんでやろうと思っていた。

それなのに……。

「……」

書斎からフレアが去った後、アリアは一人立ち尽くす。

悔しさに唇を噛みしめる。人生で初めて、フレアに煽られた屈辱で、腸が煮え繰り返りそうになっている。

「スゥーハー……まぁいいわ」

溢れ出る怒りを深呼吸で抑え込み、アリアは書斎を出ていく。足取りは軽く、向かう先は屋敷の玄関。今日は来客がある。

その人物の顔を思い浮かべて、彼女はニヤリと笑う。

「ふふっ、お姉さまったら、もう少し待っていればよかったのに」

そうすればバッタリ遭遇、なんてことが起きただろう。

彼女は一体どんな顔をするだろうか。きっと悔しさと恥ずかしさで目も合わせられない。その様を想像して、アリアは再び優越感に浸る。

そう、来客とは……。

「やぁ、アリア」

「いらっしゃいませ！　カイン様」

フレアの元婚約者であり、アリアの現婚約者。カイン・バルムスト。彼は優しくニコリと微笑みながら、出迎えたアリアに歩み寄る。

「お招きいただき感謝するよ、アリア」

「いえ、アリアのほうこそ、カイン様にお越しいただけて幸せですわ」

「嬉しいことを言ってくれるね」

カインは屋敷の中をキョロキョロ見回す。

「今日も御父上は不在なのかい？」

「はい。お父様は夜には戻られるそうです」

「そうか。挨拶をと思ったけど、さすがに夜までは一緒にいられないな」

「お父様には私からお伝えしておきますわ」

「ありがとう」

二人は玄関からアリアの部屋へ移動する。この日は特に用事があったわけではなく、ただの談笑をするために集まった。

婚約者になる以前から二人はこうして会っていた。

今まではこっそりと会っていたが、婚約者になったことで隠れる必要もなくなり、今では堂々と屋敷に会いに来ている。

「御父上もお忙しいのだな。いつも一人では寂しくないかい？」

「ご心配ありがとうございます。でも大丈夫です。私は、カイン様がこうして会いに来てくださるだけで胸がいっぱいになります。寂しくありません」

「アリア……君は本当に素直な子だね」

「カイン様だからです」

カインはすでにアリアの虜《とりこ》となっている。

彼女は意図的にカインに接触し、親密になれるよう振舞っていた。すべては姉から彼を奪い取るために。

男性に好かれる仕草やしゃべり方、雰囲気の出し方まで彼女は身に付けている。彼女を前にすれば、どんな男性でも好意を寄せてしまうだろう。

心から大切に思える存在がいなければ……。

「カイン様はお優しいですね」

「そうでもないさ。僕はひどい男だよ」

「お姉さまのことですか？　それなら心配いりません。先ほど書斎に来られていましたが、とても元気そうでした」

「フレアが来ていたのか？」

「はい。調べ物をするために、と言っていました。本当かどうかわかりません」

婚約破棄されても平気な顔をしている。カインにそう思わせることでフレアの印象を悪くさせようと考えているのか。

「フレアは今、確か第二王子の下で仕事をしているんだったね。何をしているのか教えてもらったかい？」

「聞きましたけど答えてくれませんでした。妹に意地悪するなんて、ひどいお姉さまです」

「そうなのか。調べものというのは？」

「それも教えてくれませんでした。呪いに関する本を読んでいたみたいです」

「呪い……？」

「はい。一体なんのために読んでいたんでしょう」

クスクスとアリアは笑う。

「それは怖いな。もしかして、僕を呪う方法を調べていたのかも」

「まぁ怖い！　アリアがそんなことさせません！」

「ありがとう、アリア。今日もゆっくりしよう」

「はい」

そうして二人は手を握り合い、見つめ合う。お互いに求め合っているようで、異なる先を見据えながら。

◇◇◇

屋敷から王城に戻った私は、駆け足で研究室へと向かった。

特別めぼしい情報は手に入っていない。だからといって落胆する時間が惜しい。すでに午後三時を回り、夜までのタイムリミットが迫る。

夜がくれば殿下はまた苦しむことになるだろう。

呪いを解く方法はあとで考えるとして、夜までに完成させなくちゃ。

「急がなくちゃ」

「そんなに急ぐと誰かにぶつかるぞ」

「え、うわ！」

「っと」

曲がり角を曲がろうとして、ふいに後ろから声をかけられた。咄嗟に振り向こうとして躓《つまず》き、倒れそうになる私にそっと手を差し出される。

「危ないな。転ぶところだったぞ？」

「で、殿下」

「まぁ俺が声をかけたせいなんだけどな。ほら」

「ありがとうございます」

殿下に手を引かれ、崩れた体勢を立て直す。

立ち直って前を向く。引き寄せられたこともあって、顔と顔の距離が近い。殿下と目を合わせ、彼の存在を近くに感じて、思わず赤面する。

「どうした？　顔が赤いぞ？　熱でもあるのか？」

「あ、いえ！　びっくりしちゃっただけです。あはははっ……」

殿下の顔が近くてドキドキした、なんて言えない。改めて考えると、異性の方とここまで近い距離で話すのって初めてだ。

その初めてが王子様っていうのは……まるで本の中にいるみたいだ。

「そんなに急いでどうしたんだ？　急用か？」

「はい。殿下のための魔導具を作ろうと思って」

「俺の？　そのために急いでたのか」

「はい。夜までには作ってお渡ししたいですから」

あんな苦しそうな顔は見たくない。殿下が辛い顔をされていると、それを見ている私も胸が痛くなる。

私の力で少しでも楽にできるなら、これほど嬉しいことはない。

「……そうか。俺のために」

「殿下？」

「ありがとう、フレア。君のその優しさは、俺にはもったいないくらいだよ」

そう言って見せた殿下の笑顔は、今まで見たことがないほど美しくて、透き通るガラス細工みたいにキラキラしていた。太陽の光に照らされた宝石を見ているようだ。私は思わず見入ってしまう。

「もしよかったら、魔導具作りを見学してもいいか？」

「見学ですか？　それはもちろん構いませんが」

「ありがとう。実は一度見てみたかったんだ。君が魔導具を作っている様子をね」

「私なんかでよければぜひ」

私は殿下と一緒に研究室へ向かう。今度は転ばないようにゆっくり歩いて。研究室に到着して、テーブルの上に必要なものを並べていく。

殿下が用意してくれたこの部屋には、魔導具作りに必要な道具が一通りそろっている。

それもすべて最新のものばかりだ。素材もお願いすれば用意してもらえる。宮廷よりも少し作業環境がよくなった。

テーブルの上には軽石と鉄の粒、そして魔導具作りに欠かせない魔晶石がある。

「じゃあ始めますね」

「ああ。ここで見させて貰うよ」

殿下が隣で見ている。

ぜひ、とか口では言ったけど、こうして見られるのは緊張する。殿下に限らず、他人に仕事を見られる経験は今までなかった。室長も小言を言いにくるだけで、私の仕事そのものには関心がなかったみたいだし。

私は大きく深呼吸をする。作りたい物のイメージはハッキリしている。

付与する魔法も、構造も。完成までにかかる時間は、大体三十分くらいかな？

殿下の前だし、いいところを見せたい気持ちもある。

「よし」

私は殿下には聞こえないように、極々小さな声でやる気を発露した。

最初に取り掛かったのは魔導具の器づくり。用意した素材を一か所に集めて、不要なものはテーブルの端にどける。形状は一つ目と同じ腕輪にしよう。私は素材に手をかざす。

「クリエイト」

魔法を発動して、素材を合成していく。

光に包まれた素材が腕輪へと変化するのに、二秒ほど時間がかかった。

「今のは魔法か？」

「はい。錬成魔法です。素材さえあればイメージした形に合成できます。私にはこの魔法があるので、器を用意するのが簡単なんです」

これは魔導具師に必須の力ではないが、魔導具師には魔法使いとしての才能を持っている者が多く、私もいくつか魔法が使える。

錬成魔法もその一つ。

「すごいじゃないか」

「いえ、こんなのは便利というだけで、あってもなくても魔導具師にはなれます。大切なのはここからです」

器は依頼すれば用意してもらえる。私たちが魔導具師であるための必須事項は、このただの腕輪を特別な道具に変えることにある。そして、それを為すために絶対に必要な才能が……。

魔力を直接体外に放出すること。通常、魔力は身体の内に流れるエネルギーで、直接外への放出はできない。魔法使いも魔力を消費し、魔法として外に放出している。

魔力の流れを直接操り、体外に放出して自在に操る。これができなければ、道具に魔法の効果を付与できない。

私は指先に魔力を集め、光のインクを生み出す。これを使って先ほど腕輪と合成した魔晶石に魔法を記していく。

今回付与するのは回復の魔法。呪いの対象を体外に広げる腕輪はすでに殿下が身に着けている。呪いの進行を直接防ぐことはできない。だからせめて、痛みやダルさを軽減できればと。

一種類だと心もとない。五種類は重ね掛けしよう。

重ね掛けをする場合、一つの魔法を付与してから定着するまで待ち、次の魔法を付与する。

この工程を必要回数繰り返す。

「綺麗だな」

「……」

私は黙々と作業を進める。隣で殿下が笑ったような気がしたけど、集中している手は止まらない。そうして最後の一つを付与し終わり、最後に魔力を流して動くかどうかを確認したら。

「できました」

「もう完成したのか？　まだ十五分ほどしか経ってないぞ」

「作るのは一つだけだったので……」

「いや……それでも早い気がするが、これが普通なのか？」

「どうなんでしょうか……？」

そういえば、他の魔導具師の仕事を見たことがなかった。私は独学だし、基礎も本を読んで覚えただけで、あとは自分で何度も繰り返して学んだ。

この方法が正しいのかどうかも、正直わかっていない。

少し作るのが早い程度だと思っていたけど……。

「どうなのかな？」

私って、魔導具師としてどのくらいの腕なんだろう。この道を進んで初めて、そんなことを考えた。

第三章　呪いの根源

太陽が沈み、月が顔を出す。徐々に月の形が真ん丸に近づいてきた。

雲もなくよく見える。新しい腕輪を作った翌日。夕食を済ませた私は、殿下に呼ばれて彼の寝室に来ていた。ここなら誰の邪魔も入らないから、と。

「どうですか？」

「ああ、ずいぶんと楽だよ」

彼の腕には二つの腕輪が装着されている。一つは呪いの効果範囲を誤認させ、進行を妨害するための腕輪。もう一つは新たに作成した苦痛を軽減する腕輪だ。

呪いに通常の回復魔法は効果を発揮しない。ただし一時的に痛みを和らげることはできる。

殿下が受けている呪いは、日を増すごとに効果が強くなるタイプらしい。

昨日より今日のほうがきついはずだけど、腕輪を追加してからは落ち着いている。

「最初はやっぱり多少きついけど、苦しくて動けないってほどじゃない。本当によくできてるな、この魔導具」

「ありがとうございます。殿下のお役に立てて嬉しいです」

少しだけ苦しそうだった殿下の表情が和らいだことを確認して、ホッとする。一先ず耐え難い痛みを和らげることには成功したようだ。ただ……。

「何度も言う通り、これで解呪できたわけじゃありません」

「ああ、わかってる。根本を解決しない限りは……」

殿下の命が危うい。私が初めて会ったとき、すでに痛みと苦しさで呼吸困難になる段階に至っていた。

呪いの全貌は未だわからない。それでも、呪いの完成が近いことはわかる。あとどれくらい猶予があるだろう。

もしかすると数日……明日にも変化が起こるかも……。

「そんな顔するな。俺なら大丈夫だ」

「殿下……」

無理して笑顔を作っているのがわかってしまう。命の終わりが近づいているのに、怖くないはずがないんだ。

どんなに強い人でも、死ぬのは怖い。殿下だってきっと……私なら絶望して、その場で泣きじゃくってしまうだろう。

この人は強い。それに、ただ強いだけじゃない。

「それよりどうだった？　屋敷に戻ったんだろ？　変なこと言われなかったか？」

「はい。大丈夫です」

「そうか。もし何かあったら必ず俺に相談してくれ。相手が誰であれ、君を不幸にさせる者を俺は許さない」

「ありがとう、ございます」

その言葉だけで私は満たされる。温かすぎて溶けてしまいそうになる。殿下は強いだけじゃなくて優しい。自分が苦しい状況なのに、私のような他人の心配をしてくれる。

誰にでもできることじゃない。少なくとも、私の周りにいた人たちは、自分のことを常に優先していた。人間とはそういうものだと、当たり前だと思わされた。

殿下と出会うまでは。

「私のほうでも呪いについて調べてみました。でも、あまり役に立ちそうな情報はなくて……」

「そうか。俺も調べたいんだが、中々時間がとれなくてな。昼間は公務もある。夜は呪いが強すぎて動けなかったが……」

殿下は徐《おもむろ》に椅子から立ち上がる。

ぐぐっと背伸びをして、肩をぐるぐると回して見せる。

「今はこの通り動ける。だから、書庫へ調べに行こうかと思っているんだ」

「でしたら私も行きます！」

「ははっ、君はゆっくり休んでいてくれ、というつもりだったんだが」

「私なら平気です。少し前までこの時間も働いていましたから」

まだ日付も変わっていない。

本当にきつくなるのは日付を越える数分前からだ。なんとかして今日中に終わらせたい、けど無理だよねこれ。となる時が一番つらい。

あの頃に比べたら、自分の意志でやりたいと思えるだけ全然マシだ。

「本当にいいのか？　明日も仕事はあるんだぞ？」

「わかっています。それに、お仕事があるのは殿下もです。二人で調べたほうが早く終わります」

「ふっ、それもそうだな。じゃあ、その言葉に甘えるとしよう」

私たちは一緒に部屋を出る。できる限り誰にも見つからないようこっそりと。王城を熟知している殿下が、人通りの少ないルートを進んでいく。

この時間は書庫を使う者はいない。必然的に書庫の周りにも人はいなくなる。

無事にたどり着き、私たちは書庫へと入る。その広さと貯蔵されている本の量は圧巻だった。当たり前だけど、屋敷の書斎とは規模が違う。まるで大図書館だ。

「こ、ここから探すんですね……」

「心配いらないよ。大体の場所は把握してる。直接調べる時間はなかったが、いずれ調べようとは思っていたからな。こっちだ」

殿下に案内され、書庫の奥へと進む。

「読まれる頻度が高い本ほど入り口側にある。俺たちが探しているのはずっと奥だ」

「読まれないですよね。呪いに関する本なんて」

「ああ。俺もこうなって初めてだからな。呪いのことを調べるのは」

自分が呪われることがなければ、一生考えなかったはずだ。私も、呪いという言葉をこんなにも身近で聞くとは思っていなかった。

世の中には知らないことのほうが多い。そのことを再認識させられる。

私もまだまだ勉強不足だと。

「ここだ。二十冊くらいか」

「半分は屋敷でも読んだことのある本みたいです」

「だったらそれは省《はぶ》こうか。残り半分を手分けして調べる感じで」

「はい」

本を手に取り、窓際の席に二人で腰を下ろす。ちょうど月明かりが差し込む。

「月が綺麗だな」

「はい」

「夜は好きなんだけどな……呪いのせいで嫌いになりかけてたよ」

話しながらページをめくる。月明かりに照らされた殿下は、いつになく妖艶で美しくて……見入ってしまう。

「ん？　どうかしたか？」

「い、いえ！」

最近なんだかずっと殿下のことを見ている気がする。自分でもわからないくらいに。

「その、殿下は普段何をされているんですか？」

「普段か？　仕事のこと？」

「それも含めて……」

急に殿下のことが知りたくなった。

こんな気持ちになったのは初めてで、困惑する。殿下のことが知りたい。彼が何を考え、何を思っているのか。知りたいと考えていたら、思わず口に出していた。

「普段か。そうだな。基本的には仕事ばかりだよ。王子っていうのは暇そうに見えて大変なんだ」

「暇そうに見えたことはありませんよ？」

「そうか？　偉そうにしてるだけで普段何してるんだ！　とか思われてるのかと思ったよ」

殿下は呆れたように笑いながら話す。

「そんなことは！」

まぁ、近いことを思ったことはなくもないけど……。

実際王子様って何をしているのか。

ユリウス殿下だけじゃなくて、そういう立場の人が普段どうやって過ごしているのかは興味がある。

「父上の仕事の一部を代わりに請け負っているんだよ。領地の運営、各地で起こった問題の対処、他国との外交。そういう諸々が仕事だ」

「聞くだけでも大変そう……」

「それなりに、な。けど王子は楽なほうだぞ？　国王になったら今の何倍もの仕事と重圧がかかる。小さい頃から父上を見てるけど、よく身体も壊さずいられるなと思う。今も外交で国の外を飛び回っているしね。次はいつ戻ってくるのやら」

「そんなに……」

　私なんかより、陛下のほうが休みもなさそうだ。

「まっ、俺が国王になる可能性は低いし、そこまで気負う必要はないけどな」

「え、どうしてですか？」

「なんだ知らないのか？　この国では基本、第一王子がそのまま国王になる。第二王子の俺は、兄上に何かあった時の保険みたいなものだ」

　第一王子が国王になった後は、ユリウス殿下が第一王子となる。第二王子が国王になった例は、歴史上一度しかない。その際は第一王子が突然病死されたそうだ。

　やむを得ない事情でもない限り、殿下が国王になることはない。

「そういう意味じゃ気楽だよ」

「……殿下は、国王にはなりたくないんですか？」

「ん？」

「その……私は、殿下みたいな方が国王になってくれたら嬉しいと思って」

　他人のことをちゃんと見られる。

　思いやれる優しい王様。想像して、ぴったりだと思ったから。殿下は笑う。

「ありがとう。別になりたくないわけじゃない。でも、向いてはいないんだよ」

同じ笑顔でも、これまで彼が見せてくれたものとは少し違っていた。諦《あきら》めたような……切なく悲し気な笑顔だと感じた。

「殿下が……？」

「ああ。国王になれば、一人一人、個人と向き合う時間が短くなる。人ではなく国を見つめ支えないといけないから。そうなると小さな問題や声を聴いていられない。俺はそれが嫌なんだ」

「嫌……ですか」

「子供みたいだろ？」

「そんなことは！」

私はぶんぶんと首を振る。

大げさに否定した私を見て、殿下は楽しそうに笑う。

「いいんだよ。俺自身が子供みたいだって思ってるんだから。俺は大勢をまとめたり、導いたりするのは得意じゃない。だから国王には向いていない」

「……」

「それに、国王になったらこういう時間も取れない」

殿下はそう言って私に微笑みかける。こういう時間とは、私と過ごす時間のことを言ってくれているのだろうか。だとしたら少し嬉しい。私なんかといる時間を、少しでも大切だと意識してくれているのなら。

「その点、兄上なら間違いなく素晴らしい国王になれる」

「クラウス殿下ですね」

「ああ、兄上はすごい人だよ。なんでも完璧にこなすし、物事の常に先を見据えている。俺は兄上なら、歴代最高の国王になれると思っているんだ。父上には悪いけどね」

「ふふっ、殿下はクラウス殿下のことを尊敬しておられるのですね」

「ああ」

彼は頷き、瞳を輝かせて天井を見上げる。

「昔から兄上は俺の目標だった。今でも変わらない。だから兄上が国王になった時、俺が支えられるようになろうって決めてるんだ。兄上の手の届かない問題は、俺が解決する。兄上がやりたいことに専念できるようにするんだ」

「素敵ですね」

クラウス殿下の話をするとき、殿下は子供みたいに楽しそうな顔をする。

本当に尊敬しているんだ。きっと兄弟仲がいいに違いない。私たちとは違って。

「まだまだ未熟だけどさ。最近もいろいろやってるんだ。あまり大きな声では言えないけど、闇市場の調査とかね」

「闇市場？　なんですか？」

「簡単に言うと、盗品や人を売り買いする場所だ」

「そんなものが？」

ある、と殿下はハッキリ答えた。この国では奴隷商売は厳しく禁止されている。

人の持つ権利を損害する行為だからだ。もしも発覚すれば、重い罰を与えられる。

「いるんだよ。陰でこそこそと、女子供を売り物にしている奴らが……俺はそれが許せない。だから調査して潰《つぶ》している。すでにいくつか繋がりのある盗賊たちを捕らえた。もしかすると、この呪いに奴らが関係しているかもしれないいな」

「だったら私も――」

「ダメだ」

協力したいと答える前に、殿下はハッキリと断った。

普段より強めな声にビクッと身体が震える。いつになく険しい表情の殿下を、初めて怖いと思ってしまった。ほんの少しだけ……。

「こればっかりは危険すぎる。君を危険な目に遭わせたくない」

「殿下……」

怖いと思ったのは本当に一瞬だった。殿下が私のことを心配してくれている。それがわかって、いつもの優しさを感じられてホッとする。

殿下は険しい表情を和らげて、優しく微笑みながら言う。

「犯人捜しの手伝いをしてくれるだけで十分だ。繋がりがあるかもって、ただの予想でしかないからな。間違っても一人で調べようなんてするなよ？」

「……はい」

残念だけど、殿下がそうおっしゃるなら……私のやるべきことは、殿下の呪いを解く手掛かりをつかむこと。この本に有力な情報が載っていれば……。

「あ、これ……」

「何かわかったか?」

「はい」

私が見ていた本に、気になる情報が記載されていた。

呪いを受けた者の身体は、呪いを放った者の魔力が混ざる。

「魔力……」

だったら魔力を識別できれば。

呪いをかけた犯人が見つかるかもしれない！

人間には魔力が流れている。赤子から老人まで、どんな人間にも必ず魔力は宿っている。しかし大半が弱すぎたり、魔法使いとしての才能がなくて実感できない。

内なる力を体現できるのは選ばれた者だけである。そして魔力には個人差がある。大きさ、量、性質が異なる。人の容姿と同じように、似ていてもまったく同じものは存在しない。と、言われている。

「この本の通りなら、今の殿下の身体には他人の魔力が混ざっているはずです」

「なるほどな。その魔力を調べて、一致する人物がいれば……」

それが犯人である。

「だが、どうなんだ？　魔力の識別なんて可能なのか？」
「できます。魔力の性質を調べる装置自体はあるのでそれを使えば……でも……」

それじゃだめだ。殿下に流れる魔力を調べることはできる。ただ、同じ方法を他の人たちにも試さないといけない。

犯人が素直に応じるだろうか？

私なら怪しんで近づかない。調べるなら犯人に気づかれない方法で、もっと簡単にわからないと……例えば、そう！

目で見ただけでわかるくらい。

「そうだ。魔眼」
「魔眼？」
「特別な力を宿す瞳のことです。数ある魔眼の中に、他人の魔力の流れを見る能力があります」
「そんな便利な眼があるのか。いや、だからといって魔眼を持っている人物なんて知らないぞ？君の知り合いにいるのか？」

私は首を横に振る。もちろんいるはずがない。魔眼はとても希少で、国内でも確認された例は稀《まれ》だ。殿下が把握していないなら、私が知るはずもない。

「魔眼も元をたどれば魔法の一種です。だから魔法で再現できるんです」

殿下は驚いたように両目をパチッと開く。

「そうなのか」

「はい。たぶん」

「た、たぶん？」

殿下はキョトンと首を傾《かし》げる。私は正直に答える。

「私も試したことはないので、やってみないとわかりません。でも、やれると思います。いえ、やってみせます！」

殿下の命を救うために。私は決意を強く、拳《こぶし》をぐっと握る。ただの希望論でしかない。やれるとは言ったものの、確証は何もない。それでもやる。

何がなんでも作ってみせる。

「フレア……」

私の決意を感じてくれたのか、殿下はまっすぐ私の瞳を見つめ、思いを噛みしめるように目を伏せる。次に瞳を開けた時、彼は満面の笑みで私に言う。

「じゃあ、任せるよ。俺の未来を半分君に預けているんだ。君がやれると言うのなら、俺もそれを信じようじゃないか」

「はい。ありがとうございます！」

殿下ならそう言ってくれると思っていた。私を信じてくれると。だから、その信頼に応えよう。

私が持てる全てをかけて、必ず完成させてみせる。

◇◇◇

最初に取り掛かったのは、魔眼についての勉強だった。

呪いの時と同じく、私は魔眼のことをあまり知らない。殿下にも手伝ってもらって、それらしい資料をかき集めた。それらを読み漁《あさ》る。

「そうなんだ。生まれ持った特別な魔法が瞳に宿っているだけ……じゃあ魔法の中身さえわかれば再現できそうね」

続けて魔法のお勉強。といっても、魔導具作りに魔法の知識は必要不可欠。私はすでに、現存するほぼすべての魔法について理解している。

おさらい程度に、魔眼の効果に近い魔法をいくつか候補として出し、改良することにした。

「魔力性質の検査魔導具、あれも参考にしよう」

今回の手段には使えないけど、調べるだけなら簡単にできる。

装置に魔力を流し込むと、その性質や量、体内を流れる速さなど細かな情報が検査できる。宮廷にも何台かあったはずだ。

騎士団への入団テストに使うから。私は宮廷まで走り、改めてその構造を確認する。道中にたくさん顔見知りとすれ違ったけど、今は気にしていられない。

時間はあるようでないかもしれない。

今日が限度だと思って取り掛かる。

「器は……目で見るなら眼鏡にしよう」

周囲から疑われないように、できれば普通のデザインにしよう。

明らかに可笑《おか》しな形の装置をつけていたら、犯人が逃げてしまうかもしれないから。

魔法も重ね掛けしよう。単一の魔法だけだと魔眼の効果を再現できない。異なる効果、性質の魔法を組み合わせるのは難しい。

競合してしまい器が壊れて失敗するケースが多いからだ。失敗すると魔法が暴発してしまう危険性がある。

最悪の場合、私が大けがをすることも……。

「やれるか……じゃないよね」

やると決めた。リスクは承知の上でやってみせる。何より、私がこれを完成させないと、殿下の命が尽きてしまう。

あの優しくて素敵な人がいなくなってしまう。そんなのは……嫌だ。私の心がハッキリとそう叫んでいる。それ以外の何かも感じるけど、今大事なのは殿下の安全だ。

私が怪我をするかもしれない？

それくらいで殿下を助けられるなら安いものでしょ？

「よーし」

私はぱちんと両の頬を叩いた。気合を入れ、作業に取り掛かる。

集中して、思考して。頭の中はあらゆるパターンの組み合わせを試し、実際に可能性が高い順番に試す。

チクタク、チクタク。時計の針が進んでいく。

声は一言も発さず、作業をする音だけが部屋に響く。夕方になったことも、そのまま日付が変わったことも、私は気づかなかった。

空腹も感じない。私の全てをかけた集中力で、黙々と手元を動かす。

そして――

朝日が東の空から顔を出す頃。

「で、できた！」

疑似魔眼の魔導具は完成した。感動と疲れが一気にこみ上げて、私はそのまま倒れるように眠る。眠る前に見た朝日こそ、私にとっての光明だった。

◇◇◇

身体が怠《だる》い。朝日が見えるまで作業していたのなんて、いつぶりだろうか。

宮廷で働いていた時、最初の頃に何度かあったっけ？

まだ慣れていなくて、それでもたくさん仕事を任されて。翌日が休みじゃなかったら、きっと身体を壊していたと思う。

「う、うう……」

深い眠りから目が覚める。机に突っ伏して眠っていたせいか、頬がじんわり痛い。顔と身体を起こすと、バサッと何かが落ちた。

「あれ？」

落ちたのは毛布だった。床に落ちたものを拾い上げる。研究室に毛布なんて用意されていなかったはず。

自分でかけた記憶もないし、いったい誰が……と、テーブルの上を見ると一枚のメモが置かれていた。ただ一言。

ありがとう。ゆっくりお休み。

と記されていた。メモの端に名前が書いてある。

「殿下……」

そうか。この毛布も殿下がかけてくれたんだ。きっと朝に私の様子を見に来てくれたんだろう。

時計を見ると、短針は正午を過ぎて二時を指していた。ずいぶん眠ってしまった。

私は大きく背伸びをする。

「うーん、はぁ……お腹すいた」

まずは朝食、じゃなくて昼食を摂ろう。その後で今日の分の仕事を終わらせて、夜になる前に殿下の元へ行かなきゃ。

今からだとちょっとギリギリだけど。

「急げば間に合うね」

普段三時間かかる仕事を二時間で終わらせればいい。目的の物は完成しているし、殿下に試すだけだ。

私はささっと着替えを済ませ、今あるもので適当に昼食を作って食べた。身だしなみも軽く整え、はじけるように研究室を飛び出す。完成した眼鏡型魔導具をポケットに入れて。

「そうだ。試しにちょっとかけてみようかな」

まだ効果を他人で試していない。王城にはたくさん人がいるし、通り過ぎる人たちを観察して、魔力が見えるか確かめておこう。

そう考えた私は、ポケットから魔導具を取り出そうとした。

「フレア」

その時だった。聞き覚えのある声が頭に響く。私はびくっと震え、体が固まってしまう。

どうして？

最初に浮かんだのは疑問だった。

ここは王城だ。許可がなくては入ることができない。たとえ名のある貴族でも、簡単には出入りできない。だから平気だと思っていた。

ここにいる間は、会うことはないだろうと。私は振り返る。

「カイン……様？」

「やぁ、久しぶりだね」

振り返った先で、カイン様はにこりと微笑む。いつも通りに、何度も見てきたよく知る笑顔で。

「カイン様が、どうして王城に？」

「ちょうど用事があったんだよ。ユリウス殿下に呼ばれてね」

「殿下に？」

「ああ。そういえば君、殿下の下で働いているんだって？　殿下からは聞いていなかったのかな？」

知らない。殿下は一度も、カイン様との関わりを口にしていない。でも、カイン様と私が元婚約者だったことは知っているはず……。

頭の中がごちゃごちゃして、上手く思考がまとまらない。

「殿下とは……どんな用件でこられたのですか？」

「ちょっと大きな声では言えないんだ。君が殿下と親しいのなら教えられたんだけど……ね」

「それって――」

一つ、思い当たる節があった。口に出していいものか。

違ったら？

殿下に口止めされているわけじゃないけど、軽々しく話していい内情じゃない。ただ、どうしても気になって。

「闇市場……ですか？」

私の口は勝手に動いていた。カイン様は驚いたような反応を見せる。

「なんだ知っていたのか。そうだよ。殿下とは共同で、闇市場について調べているんだ」

「どうしてカイン様が？」

「成り行きかな？　僕も被害者なのさ」

彼はやれやれと首を横に振る。被害者……闇市場では盗品も出品されているという。

ということは、カイン様も何か盗《ぬす》まれて？

そんな話は一度も聞いていない。いいや、教えてもらっていなかっただけか。それ以上に、ホッとした。

殿下が私に教えなかった理由がわかったから。

「そうだ。君に会ったらぜひ話したいことがあったんだ」

「なんでしょう？」

「君、僕の愛人にならないかい？」

「……え？」

私の身体はカチッと硬直した。意味がわからなかった。いいや、意味はわかったけど、ありえないと思った。

愛人？

そういったカイン様は何喰わぬ顔をして、私の反応を見ている。真剣な表情をするわけでもなく、ただ挨拶をする程度の感覚なのだろう。

「実はアリアから相談されてね？　君との婚約を破棄してからショックを受けていると。そんな君を見ていられないと泣きつかれてしまったよ」

「アリア……が？」

何の話？

確かにショックだったけど、アリアと話したときにカイン様のことは何も言っていない。少なくとも私の口からは。むしろ煽って……。

「このままでは可哀そうだからと、僕の愛人、もしくは第二夫人にすることを提案されたんだ」

ああ、そうか。煽ったから、私に対する嫌がらせか。

そう思うとアリアらしい。そして、彼女の言葉に簡単に流されてしまうところは、彼らしい。

「どうかな？　君が望むなら僕は――」

「申し訳ありません」

私は頭を下げる。深々と、精一杯の誠意を込めて。

「丁重にお断りさせていただきます」

「……」

カイン様は意外だったのだろう。そういう表情をしている。

「私は、そんなこと望んでいません。何より、一度離れた方のお傍に戻るなんて、無理ですよ」

「……いいのかい？　僕の傍にいることが、君にとって一番幸せなことだと思うけど？」

「私は今で十分に幸せです。ここで、殿下の下で働ける喜びがあれば、他に何もいりません」

これ以上の言葉はない。私は殿下の下にいる。

ここにいる。ただそれだけで、報われている。殿下は私のことを見ていてくれているから。何も見ていなかった……貴方とは違って。

「どうぞ、アリアとお幸せになってください」

「……そうか。なら、君と話すことは何もない」

「はい」

私のほうこそ何もない。もう終わった話なんだから。

私たちは反対方向に歩き出す。挨拶もなく、無言ですれ違う。

おそらく二度と話すことはないだろう。そう思って、私はポケットの中から魔導具を取り出し耳にかける。特に意図があったわけじゃない。

最後になるし、ちょうど目の前にいるから試そうと思っただけだ。

私は彼を見た。魔導具を通して。瞬間、寒気がした。

彼に宿る魔力はどす黒く……まるで呪いのようだったから。

◇◇◇

もしかして？

宮廷での仕事中、ずっと頭の隅で考えていた。忘れようとしても難しい。

あの光景が、感覚が、ハッキリと記憶されてしまったから。どす黒い霧のようなものを纏《まと》う彼の姿。その姿に私は恐怖した。

呪いが目に見えるなら、きっとあんな色をしているんだろうなと。

「違う……よね」

違うはずだ。だって彼は、殿下と協力して闇市場を調査している。

このことを知っている人間は少ない。殿下からも信頼されているからこそ、彼はこの件に関わっているはずだ。

彼が殿下を呪う理由がない。立場的にも、カイン様が殿下を呪い殺しても得はしない。はずだ。私が考える限りでは、違うだろうという結論に至る。だけど、脳裏によぎる。

黒い霧を纏った彼の背中が。忘れられなくて、どうしようもなくて……。

「殿下……」

早く会いたい。会って確かめたい。殿下を魔導具越しに見れば、このモヤモヤも解消される。

私が感じている違和感も、勘違いだと証明できる。

そうであってほしい。

◇◇◇

いたずらに時間が過ぎて、夕刻。私は急ぎ足で王城に戻り、先に食堂へ入って殿下を待つ。しばらくして殿下は食堂にやってきた。

「殿下」

「フレアか。ちゃんと眠れたか？」

「はい。おかげ様でぐっすりと！　それよりも」

私の右手には魔導具が握られている。

殿下がそれに気づく。

「ああ、完成したんだな。半日足らずで完成させるなんて、君は本当にすごいよ」

「ありがとうございます」

ねぎらいの言葉は嬉しい。だけど、今はそれ以上に知りたいことがある。

「夕食が終わったら試させてくれ」

「いえ、申し訳ありません」

私は失礼を承知で言う。

「今、この場で試してもよろしいでしょうか」

「フレア……？」

私は真剣な瞳で訴える。それが通じてくれたのか、殿下も真剣な表情になる。

「わかった。何かあるんだな」

「はい」

どうしても、確かめずにはいられない。このモヤモヤを一秒でも早く払拭したい。

どうかお願いだから……私は魔導具を装着する。

間違いであってほしい。

「――――！」

「フレア？」

「……そんな……」

私は自分の目を疑った。だけど、自分の作り出した魔導具の効果を疑いはしなかった。

正常に作動している。だからこそ、混ざって見えている。輝かしく白い魔力の流れに、どす黒いモヤがかかっていた。

私の頭には、様々な感情が一気に流れこんでいた。信じたくなかった事実を知り。そんな人物と、少し前まで婚約者だったことへの恐怖で、呼吸が乱れる。

「どうしたフレア！」

「はぁ、はぁ、っ、はぁ……」

「落ち着け！　大きく深呼吸するんだ！」

過呼吸で倒れそうになる身体を殿下が支え、彼に手を握られながら大きく深く息を吸う。殿下の声と、心臓の音が聞こえる。視界がかすんでよく見えないけど、心から心配してくれているのは伝わった。落ち着きを取り戻していく。

「落ち着いたか？」

「は、はい……すみません」

「気にするな。それより何があった？　いいや、何が見えた？」

「……」

伝えるべきなのだろうか。もしも勘違いだったら？

似ているだけ、という可能性もゼロじゃ……。

「フレア」

彼は私の手をぎゅっと握る。

「俺はお前を信じて預けた。だから、何を言われようと信じる」

「殿下……」

「話してくれ。何を見たのか」

「……はい」

私は殿下に話した。全てを。包み隠さず。

◇◇◇

時は流れ。王城では夜会が開かれていた。

三か月に一度、王城では名のある貴族たちを招いて夜会が開催される。

その夜会には当然王族も参加する。今回は国王と第一王子が不在なため、第二王子であるユリウスが出席した。

夜会は大いに盛り上がった。その裏で、二人は邂逅《かいこう》する。

「一体何でしょう？　大切なお話があるということでしたが」

「ああ、君に話があるんだ。バルムスト侯爵子息」

一つだけ明かりがついた暗い部屋で二人が向かい合う。

夜会もじきに終わる頃。皆が帰る前に、ユリウスは彼を呼び出した。こうして呼び出され、二人で話すのは初めてではない。

故にカインは落ち着いた様子で、ユリウスと向かい合っている。

「例の情報はわかったかな？」

「いえ、まだです。闇市場と繋がっている貴族は不明です。やはり簡単には姿を現しませんね」

「そうだな。そういえば、闇市場と貴族の繋がりを教えてくれたのも君だった」

「ええ、そうです」

「君が掴んだ情報のおかげで、盗賊たちを速やかに捕縛できた」

「運がよかっただけです。迅速な対応も、すべて殿下のお力です」

ユリウスはこれまでの経緯を思い返す。大きく息を吸い、ゆっくりと吐き出しながら。

「だから、違うと思っていた。君だけは選択肢から除外していたんだ」

「殿下？」

「だってそうだろ？　もしそうなら、俺に協力する意味はなんだ？　自分の首を絞めるだけなのに……そうじゃなかった。すべては俺の選択肢から、自らを消すために。わざと俺に近づいたんだな？」

「さっきから何を――」

「俺を呪ったのは、お前なんだな？」

ユリウスは力強い眼光を向ける。もはや隠せない。呪いという単語を口にした時点で、後戻りはできない。

「それは……一体……」

だが、間違いではない。彼は彼女を、フレアの腕を信じている。

彼女は言った。自身を呪った犯人の名は――

「いつから気づいていたのですか？」

「やはりそうなのか……カイン！」

お互いの表情が変わる。殿下は怒りに、カインはにやけ面に。

「参考までにお伺いしますが、なぜ気づいたのですか？」

「フレアだ。彼女が作ってくれた魔導具で、お前の魔力が俺の中に流れていることがわかった」

「魔力の流れを？　そんな魔眼のような効果を魔導具で再現したと……くくっ、やはり天才ですね、彼女は」

「意外だな。お前の口から天才なんて言葉が出てくるとは思わなかった。彼女を見捨てた奴が」

カインは不敵に笑う。

「だからこそですよ。彼女は聡《さと》い。近くに置くと危険だと判断して突き放しました。放っておいて精神が弱った所で誘いをかけ、次の商品にでもしようと思っていたのに……誤算でしたよ。まさか殿下が傍に置くとは」

「運命だったよ。彼女とあそこで出会えたのは！」

　ユリウスは腰の剣を抜く。対するカインは冷静に、笑みを崩さない。

「無駄ですよ殿下。こうして真実にたどり着いてしまった以上、貴方はここで処理します。知っていますか？　呪いをかける方法にもいろいろあるんです」

「ああ、知ってるさ。お前が犯人だとわかって真っ先に思い出したよ。初めて話したとき、お前は俺に握手を求めたな」

「ええ、その時に呪いを付与させていただきました。すでにかなり進行していますね？　ずいぶんとお辛いでしょう？」

「悪いが絶好調だよ。彼女のおかげでな」

　ユリウスは力いっぱいその場で剣をふるう。戦えることを示すように。

「動けたとしても無駄です。すでに進行している呪いにもう一度呪いをかける。そうすれば即死させられる。今の貴方なら、直接触れるまでもない。こうして言葉に――」

　呪いを込める。

「死んでください」

「――！」

「くくっ……ぐ、がぁ……」

　倒れたのはユリウスではなく、カインだった。口から血を吹き出し、片膝を突く。

「な、なぜだ？　どうして……」

「呪いの対処法は、発動者に解除させるか、殺すかの二択。だがもう一つある。より高度だが、そのどちらでもない……いや、どちらにもなる方法、それが――」

「呪い返し!?　ば、馬鹿な！　呪いの種類もわからないのに、どうやって……」

「これだよ」

　ユリウスが取り出したのは手鏡だった。

　もちろんただの鏡ではない。彼が魔力を流すことで効果を発揮する。

「ま、魔導具!?」

「正解だ。誰が作ったかもわかるよな」

「フレア……か」

「ああ。お前の言う通り彼女は天才だよ」

◇◇◇

「犯人はおそらく、カイン様です」

「彼が？　まさか……確かなのか？」

「はい。殿下の中に、カイン様の魔力が流れています。それに私が見たカイン様の魔力は……」

　恐ろしかったと素直に伝える。

「……そうか。いや、だとしたらいろいろと辻褄《つじつま》も合う。あとは対処法か」

呪いの解除には二通りある。一つは発動者に解除させること。ただし相手に頼んでやってくれるとは思えない。

もう一つは、殺すこと。一番確実な方法だけど、優しいユリウス殿下には辛い決断をさせることになる。

「もう一つあります。呪いを解く方法が」

「本当か？」

「はい。この方法なら殿下が手を汚す必要も、解呪を願う必要もありません。お時間をいただけませんか？」

「ああ。任せるよ」

◇◇◇

「俺は何もしてない。お前が勝手に自滅しただけだ。呪いっていうのは返されると何倍にも効果が強まるんだろ？　いつまで耐えられる？」

「くっ……こんな、魔導具ごときで！」

「本当に天才だよ。お前の魔力を解析して、そこから呪いを反射する魔法を構築し魔導具にする。これをたった一晩で終わらせたんだから」

「ぐ、おおおおおあああああああああああああああああああ」

苦しむカインを見下ろしながらユリウスは言う。

「お前の敗因はただ一つ、彼女を敵に回したことだ」

「ぐおあ、うううううう」

「呪いを解呪しろ。でないと死ぬぞ」

彼がかけようとした呪いは、すでにユリウスが受けている呪いと同じ。同じ故に、カインが解呪すれば同時に解ける。しかし、カインは解呪しない。苦しみ続けている。

「おい」

「……く、解呪することは……できないな」

「なんだと？」

「これは……この力は僕だけの物じゃない。わかるか？　貴方を呪う相手は他にもいるんだよ」

ここにきて共犯者の告白。ユリウスの動揺を誘う作戦、ではない。遺言である。

「よく覚えておいてください。貴方や貴方の国を狙う者は大勢いる。いずれ必ず、こっち側へ来ることになるでしょう。それまで……ぐっ」

待っていますよ。最後の言葉は聞こえていない。しかし、ユリウスは理解した。

自身の内から呪いの痛みが消えていくのと一緒に。

「……はぁ、死んだことは黙っておくか」

その後、ユリウス殿下より闇市場の全貌が公表される。盗品、人身売買に加担した者たち。その中に王国に属する貴族、バルムスト家の嫡男がいたことも。

　これによってバルムスト家は責任を取らされ、貴族としての地位をはく奪される。同時に交流が深かった貴族たちへの調査が開始された。

　主犯格であるカインは、王国の地下牢に収容されたという。

◇◇◇

　カイン様が呪いをかけた犯人だとわかり、罪人として投獄された。日常は戻り、私は自分の研究室にいる。

「私は、ここにいていいんでしょうか」

「急にどうしたんだ？」

　研究室には殿下も一緒にいた。カイン様がどうなったのか詳しい話を済ませて、少しのんびりしている。

　私はこの時間が好きだ。仕事中にも、誰かと会話をする余裕がある。今の私はとても充実していて、満足している。だからこそ考えさせられる。

「いえ、その……私はロースター家の人間です。カイン様とも、婚約者でした」

　ロースター家はカイン様と関わりが深い。その影響で現在、厳しい監視下に置かれている。ただし私は例外として自由に行動できていた。

「いいんだよ。君のおかげで解決した事件だ。むしろ誇っていいよ」

「……そう、でしょうか」

私は殿下の下でカイン様を捕らえることに貢献したとして褒賞をいただいた。貢献したことは事実だ。殿下も、呪いが解呪されたと喜んでくれた。

魔導具越しに見ると、まだかすかに呪いの痕跡が残っている。おそらく解呪後の残り香のようなものだろう。

一先ずもう、殿下の命が危険に晒されることはない。

「すっきりしたか？」

「……いえ、別に恨んでいたわけじゃありませんから」

「……そうか」

どちらかと言えばホッとしている。殿下の無事をただ願っていたから……目の前に元気な殿下がいる。それだけで十分で、私に言えることは一つだった。

「ただ、今の私が思っているのは……殿下が無事でよかったということだけです」

私は笑う。今も隣に、殿下がいる現実に。殿下も微笑む。私たちは顔を合わせ、お互いの顔を見ながら今を実感する。

この優しくて温かな笑顔を守ることができた。私が作った魔導具を身に着けて、犯人を見つけ出して。その人物に驚きはしたけど、とにかく生きている。

あの呪いは、月の満ち欠けで進行するものだった。満月になれば殿下は死んでいた。でも、彼は生きている。

　私の隣で、変わらぬ笑顔を見せてくれている。

「また一緒に、今度は丸い月が見られそうだな」

「はい！」

　思うところはいろいろある。それでも、殿下の命を救ったことだけは、私が私を褒めてあげたいと思えた。

第四章　残されたもの

「どうしてですか！」

　甲高い声が屋敷に響く。しかし彼女の声は重たい甲冑《かっちゅう》を身にまとう男たちには響かない。

「すでに説明しました。不必要な外出はご遠慮いただきます」

「アリアはただ外に出たいだけです！」

「目的は？　行く場所は？　誰かと会うならその人物は？　外出が必要な理由を我々に説明し、必要と判断されれば許可が下ります」

「そんなの！　ずっと屋敷に閉じ込められて窮屈だからに決まっているじゃないですか！」

　アリアは声を荒げる。およそこれまでの人生で発したことのない声量で。彼女をよく知る者が見れば驚くだろう。

　これほど余裕のない表情をする彼女を、誰も見たことがないのだから。だが、相手は王国を守る騎士団の男たち。思考に感情は入り込まない。

　少しでも理に適《かな》わないと判断すれば……。

「その理由での外出は許可できません」

　ハッキリと否定する。むすっとするアリアは彼らに問いかける。

「どうして！　アリアは何も悪いことなんてしていないのに！」

「それをこれから証明していくのです。何度も説明した通り、ロースター家には現在嫌疑がかけられています。無実であると証明されるまで、我々が貴女を含む皆様を監視いたします」

　ロースター家には現在、複数人の騎士たちが滞在している。

　目的は彼らの護衛、ではなく監視。バルムスト家の嫡男が闇市場に関係していた事実が公になり、彼と関わりの深い貴族たちは共犯の疑いをかけられている。

　闇市場は大規模だった。とても一人の貴族だけが関わっているとは考えにくい。そしてユリウスが聞いたセリフ。あなたを呪っているのは僕だけじゃない。

　王国に敵対している者たちは他にもいる。一般の鳴りを潜めている者ではなく、より高い地位にいる者が怪しさを増す。よってユリウスは騎士たちに命令し、彼らの監視を任せた。

　彼らの疑いが晴れるまで、監視の目は続く。

「だ、だったらどうしてアリアたちだけなんですか！　お姉さまだってロースターです！」

「フレア・ロースター殿は信用に値すると、殿下がおっしゃっている」

「なっ、どうして……」

　本件において、フレアは大きな功績を残している。第二王子ユリウスの救命と、彼を呪った人物を見つけ、捕縛に貢献したこと。

　それらの功績によって、彼女がカインに加担している可能性は極めて低いと判断された。

　もし共犯なら、ユリウスを助ける理由がないのだから。さらには現在の彼女の立場。第二王子付き特別宮廷魔導具師、という肩書も信用を確かにする要因になっていた。

第二王子への信頼が、そのまま部下である彼女の信頼にも繋がる。

彼女を疑う者など、王国内には存在しない。だが、その肉親は違う。一部の人間は知っている。

フレア・ロースターが、身内からどんな扱いを受けてきたのかを。

「フレア殿はロースター家の人間ですが、その関わりは薄いと聞いております。彼女を疑う理由は何一つありません」

「ア、アリアはお姉さまの妹です！　お姉さまを信用するならアリアも――」

「お言葉ですがアリア殿、あなたこそ一番の疑いをかけられているのですよ」

「……え？」

強く冷たい言葉を受けて、アリアはぴくっと震え固まる。

なぜ自分が？

そんな顔をする彼女に、監視の騎士は言う。

「あなたはカイン氏の婚約者です。ある意味、彼に最も近しい人物であるあなたを疑うのは当然のことではありませんか？」

「そ、そんな……」

アリアはガクッと肩の力が抜ける。

彼女がカインと婚約したのは、すべて姉であるフレアが理由である。自分のほうが姉より優れているという証明。姉が持っているものをすべて奪い、自分のものにしたい。

そういう欲が、回り回って自分への疑いとなって返ってきた。言い方は正しくないが、自業自得、本末転倒である。

「……もういいです！」

言い返すこともできず、彼女はばたんと扉を閉めて自室に閉じ籠った。

ベッドに倒れこみ、枕を強く抱き寄せる。

「なんで……アリアは関係ないのに」

自分は悪くない。

それなのに、どうしてこんな扱いを受けるのか？

彼女の内には悔しさとやるせなさがこみ上げる。だが、彼女はわかっていない。

その内に抱く感情こそ、彼女がフレアに与え続けていたものであると。

つまり彼女はようやく、姉が長く耐えていた感覚を知ったのだった。

◇◇◇

「……ふぁーあ」

私は大きく欠伸《あくび》をして、背伸びをする。時計の針は朝の八時を指していた。

宮廷で働いていた頃なら、とっくに遅刻で大慌てだ。だけど今は違う。

明確な始業時間はなく、いつ起きても怒られない。まだ若干慣れないけれど、こうしてのんびりとした朝を迎えられるのは心地いい。これも全部、殿下が与えてくれた居場所のおかげだ。

そんなことないだろ？

君自身の力で勝ち取ったんだ。

と、殿下ならそう言ってくれそうだ。

「さぁ、今日も頑張ろう」

着替えをして、朝食を食べて準備を終わらせる。

部屋を出た私は廊下を歩く。初めてここへ来たときはガチガチに緊張していたけど、それも少し和らいだ。通り過ぎる人に挨拶ができる程度には。

「フレア」

「殿下！」

今日は運がいい。朝から殿下とバッタリ会えるなんて。そんなことを考えながら彼に駆け寄る。

「おい、走ると転ぶぞ」

「大丈――わ！」

「っと」

何もないところで躓いて転びそうになった私を殿下の手が支える。

「だから言ったろ？　君はあれだな。結構ドジだな」

「あはははっ……」

殿下に手を引かれる。

この手のぬくもりに、私は導かれた。今も、これからも。

「殿下、お身体の調子はいかがですか？」

「もうすっかりいいよ」

「よかった。あれ、まだその腕輪を着けているんですね」

彼の右腕には二つの腕輪が装備されている。私が作った魔導具が。

「もう必要ありませんよ？」

「わかってるよ。けど、大事なものだからな。ずっと身に着けていたい。これを着けていると、いつでも君を傍に感じられるから」

そう言って殿下は微笑む。花が咲くように笑う。

私は嬉しさと恥ずかしさで顔が熱くなって、へんてこなニヤケ顔になる。

「こ、光栄です」

「君が守ってくれた命だ。大切にするよ」

「はい」

私は、この人の傍にいることが一番落ち着く。

◇◇◇

「……」

ぐったりと椅子に座る一人の女性。髪はバサバサに乱れ、肌は荒れ、目の下には真っ黒なクマができている。

彼女は大きく溜息をこぼす。

「はぁ……」

テーブルの上には終わっていない仕事の山。時計の針は見るまでもなく、とっくに終業時間は過ぎている。しかし未だ終わっていない。明らかに異常な量だが、誰にも文句は言えない。言える立場ではない。なぜなら彼女は本来、部下に仕事を割り振る立場なのだから。

「早く……終わらせないと」

フレアが宮廷を去ってから、フレアがしていた仕事の大半を室長が引き受けている。外では様々な大事が起こっているが、それを詳しく知る時間もない。彼女は一人で研究室に閉じこもり、ただただ仕事に明け暮れていた。

フレアが一人でこなしていた仕事量は、本来ならば一人でなんとかできる量ではない。ギリギリとはいえ毎日終わらせることができたのは、フレア自身の実力があってこそ。彼女と同等以上の腕をもつ魔導具師でもなければ、一日では終わらせられない。つまり、室長は理解させられたのだ。フレアの底知れぬ才能を。

自分よりはるかに腕のいい魔導具師が、こんなにも近くにいたことを。

「くっ……」

彼女は唇をかみしめる。

プライドの塊のような彼女にとって、己が敗北していたことを知ることほど、耐え難い苦痛はない。その腹立たしさに眠気は吹き飛ぶ。

目の前には終わらない仕事。明日も明後日も、この日々は続いていく。敗北感を味わい続ける。

「もう……嫌」

彼女の精神は限界に近づいていた。身体的な疲労、プライドの崩壊、そして未来への不安。

様々なマイナス要因が重なり、ボロボロになった心身を癒《いや》す術《すべ》はない。

これまで散々他人を見下してきた彼女に、心から味方するものは存在しなかった。

こんな状況になり、誰もが彼女の大変さを認知している。にもかかわらず、誰一人助けようと思わないことが、その証拠である。

自分に味方がいないという孤独感は、彼女の精神をより削った。

極めつけは、一つの噂。第二王子付きの魔導具師が、王子の命を救い、闇に潜む巨悪を暴く大健闘をした。

彼女こそ、この国一の魔導具師である。彼女を知らなかった多くの人たちが、その存在を知った。

認め始めたのだ。この国にいる偉大な魔導具師の存在を。もし仮に、彼女を知る者にもっともすぐれた魔導具師は誰かと問いかけたら。

フレア・ロースター。彼らは間違いなくそう答えるだろう。もはや立て直しなど不可能なほどに、室長のプライドは崩壊した。

そしてついに精神と肉体も限界を迎え……。

◇◇◇

「え？　失踪!?」

朝一番に大きな声をあげてしまった。それほどに驚きだった。

「ほ、本当なんですか？　殿下」

「ああ、さっき部下から報告があった。宮廷魔導具師の室長、アイリス・ローチラスが今朝方から行方知れずだ」

「攫《さら》われた、とかじゃないんですか？」

そっちのほうが大問題だけど。殿下は首を横に振る。

「いいや、十中八九自分の意志だ。彼女の研究室や家を調べたら、荷造りをした形跡があったそうだ。誘拐や事件なら、荷造りする暇もないだろ？」

「それは……そうですね」

室長が失踪？

逃げ出したということ？

どうして……ううん、たぶん理由は――

「あの仕事量に耐えられなくなったんだろうな」

私が考えたことを、殿下が先に口に出して言った。

やっぱりそうなのだろう。室長は私が王城に入ってから、今まで私が請け負ってきた仕事の大半をやっていた。

自分で言うのも変な感じだけど、あれだけの仕事量を一日でこなすのは大変だ。室長には他の仕事もあるだろうし、私よりも大変だったんじゃないかな。

「はぁ……正直こんな結果になるとは思ってなかったな。そのうち反省して謝罪してくると思っていたんだが」

「それは難しかったと思いますよ」

私は室長の性格をよく知っている。彼女は自分が悪いと思わない。

誰かに頭を下げることをしない。六年近く一緒に仕事をしていて、彼女が謝ったところを見たことがないから。

自分の非を認めて他人を頼る。そんなこと、彼女がするはずないと思っていた。

「だからって、逃げ出すとは思いませんでしたけど……」

殿下曰《いわ》く、すでに捜索願が出されている。名前や顔、身元の情報はすべて公開されてしまった。

これではもう、この国で魔導具師として活動するのは難しい。仮に戻ってこられたとしても、今の立場には戻れない。

彼女は自らの手で、これまで積み上げてきたものを全て捨てたのだ。

「そこまで大変だったんだ……」

ただ、同情はできなかった。

私が味わってきた苦痛を、彼女に知ってもらえたのなら、それはそれでよかったとすら思える。

「あ！　それじゃ、室長がやっていた仕事ってどうなるんですか？」

「そこが問題なんだよ。当然だが仕事全部放り投げていったからな。戻ってくるのは期待できないし、見つかったとしても無理やり働かせるわけにもいかない。だから……」

殿下は申し訳なさそうな顔をする。

なんとなく、殿下が考えていることがわかった。私は笑う。

「いいですよ。私がやります」

「フレア」

「もとは私の仕事ですから」

「……すまない。もちろん全部をやって貰う必要はない。できない分は他の魔導具師たちで分担する。もともとが一人でやる量じゃなかったんだ」

それはその通りだ。

今まで大量の仕事を私に押し付けていたのは室長だけど、その裏で他の人たちは楽ができていたはずだ。本来の業務量に戻るだけで、実際は増えたわけじゃない。

「ですが、私がやれるのは私の仕事だけです。室長としてのお仕事は難しいと思います」

「そっちも大丈夫そうなんだ。頭の痛い話だが」

私はキョトンと首を傾げる。

「どういうことですか？」

「あの室長、自分の仕事を君と副室長に押し付けていたみたいなんだ。そういうわけで、彼女がいなくなっても宮廷はいつも通り機能する」

「そ、そうだったんですね……」

私って室長の仕事もやっていたんだ。それは初耳だった。

「なぁフレア、君は室長になりたいとは思わないか？」

「……え？」

唐突な殿下の一言に、思わず素の声が出てしまった。

私が、室長？

殿下は続ける。

「室長が失踪した今、宮廷魔導具師の室長は不在だ。いつ戻るかわからない。そもそも戻れない状況だからな。新しい室長の選出が始まってる」

「は、はぁ……」

「そこで、俺としては君が適任なんじゃないかと思ってね」

「わ、私ですか！」

大げさなリアクションをとる。

私が室長に適任？

そんなこと思ったこともないのに。

「室長の座にふさわしい人物は、この国でもっともその分野に精通している者。そして他が認める功績を持った者だ。君はどちらも当てはまる。適任だと思わないか？」

「い、いえ……私はまだまだ未熟なので」

「謙虚だな。けど、君のことを多くの人たちが認めている。今回の一件で君は俺の命を救った。君以上に資格がある者はいない」

「……」

殿下が私のことを褒めてくれている。

素直に嬉しい。

認めてもらえることが。その言葉を、殿下の口から聞けることが。胸がいっぱいになるほどに。

でも、だからこそ考えてしまうことがある。

「も、もし……私が室長になったら……今の立場は……」

「その場合は、俺の直轄ではなくなるよ。宮廷魔導具師を治める者になる」

「……」

室長になれば、殿下の傍では働けなくなる。それが……私には嫌だった。

「あの……我儘なことを言います」

「いいよ。君には大きな恩がある。君の願いを聞きたい」

「私は、今のままがいいです」

もじもじと指を触り、低回しながら口を動かす。せっかく殿下が私の力を認めてくれて、室長にならないかと声をかけてくれている。

その期待を裏切ることになるかもしれない。それでも私は――

「これからも、殿下のお傍で……殿下のお力になりたいと、思います」

この人の傍を離れたくなかった。

室長になる以上に、この居場所こそが私のオアシスであり理想郷なのだと。今離れてしまったら、二度と戻れない気がしたから。私は不遜を承知で本音を口にした。

すると殿下は、気が抜けたように息を吐いて笑う。

「……ふっ、そうか」

「殿下？」

「じゃあ、仕方ないな」

怒られることも覚悟していた。せっかくの殿下のご厚意に背《そむ》くのだから当然だろう。それでも私は殿下の下で働きたいと思っている。単なる我儘だ。怒られたって仕方がないだろう。

だけど殿下は清々しい表情で笑っている。まるで、こうなることを期待していたかのように。

「ならもう一人の候補にお願いしよう。副室長をしていたリドリア・マーケティン。彼女なら要領も把握しているだろう」

「……」

「なんだ？　俺が無理やり君に任せると思っていたか？」

「い、いえそんな！　殿下がそんなことをされるはずありません」

誰より優しい方だ。私が嫌だと言ったら引き下がる。

それはわかっていた。私が驚いているのは、なんだか嬉しそうな顔をしていることに。

「本音を言えば、君が断ってくれることを期待したんだ」

「え……」

「俺も、君にはこのまま傍にいてほしかった。ただの我儘だよ」

「殿下……」

殿下も同じ気持ちだったらしい。

それがどうしようもなく嬉しくて、胸の奥が熱くなる。押さえていないとはじけ飛びそうなくらい、心臓の鼓動がうるさくなる。

どうしてこんなにざわつくのだろう。私にはその意味がわからなかった。ただただ苦しくて、呪いみたいに胸を締め付ける。

ただ不思議と、嫌な気分にはならない。

「そういう私情もあって、君には断ってほしかった。ただ、その場合は別でお願いしたいことがあるんだ」

「お願い、ですか?」

「ああ。新室長になるリドリアをしばらく補佐してほしい。今回は異例の昇格だ。急なことで本人も戸惑うだろうし、彼女はまだ若いからな」

「私が室長の仕事をお手伝いすればいいんですね」

「そういうことだ」

私は喜んで引き受けた。殿下のお願いなら、なんでも聞きたいとすら思う。

それ以外にも、ちょっと興味があった。

私と同じように、前室長から仕事を押し付けられていた人物……リドリアさんがどんな人なのか。会ってみたいと思った。

◇◇◇

室長室の椅子に座り、眼鏡をくいっとあげる。

今回、新室長に任命されたリドリア・マーケティン。いかにも仕事ができそうな……落ち着いた雰囲気の彼女だが。

「はぁ～　なんで私がこんなこと……」

中身はとってもナイーブだった。

思わぬタイミングでの出世。喜ぶ者も多そうだが、彼女の場合は違う。任命された直後に感じたのは、落胆だったという。

「室長なんて無理……また仕事が増える……」

これまで数多くの仕事を押し付けられ、馬車馬のように働いていた彼女にとって、今以上の重圧を受ける立場など望んでいなかった。

彼女の望みはただ一つ。

「……休みたい」

奇《く》しくもそれは、あの頃のフレアと同じだった。実は彼女、フレアが夜遅くまで仕事で宮廷に残っている間、普通に仕事をしていたのである。

なぜ気づかなかったのか？

その理由は、部屋の明かりを消していたから。

暗いほうが落ち着くからと、意図的に明かりを消し、小さな蝋燭《ろうそく》の灯《あか》りだけで仕事をしていた。

「あのおばさん本当に最悪だ……最後の最後まで私に仕事を残していくなんて」

テーブルには前室長が放り投げた仕事の山。彼女はそれを見て、落胆したのだった。

トントントン——

扉をノックする音が響く。

「誰？　ああ、そういえば補佐の人が来るんだっけ」

誰かはまだ聞かされていない。彼女は扉に向かって、どうぞと一声かける。扉が開く。

「失礼します」

「あ……」

二人は顔を合わせる。

同じ職場にいながら、これまで接点がなかった二人。しかしリドリアはよく知っている人物。

自分と似た境遇だったから。向かい合った二人はしばらく無言だった。

そして、同じタイミングで口を開く。

「「お疲れ様でした」」

似た者同士の二人。

彼女たちが最初に交わした挨拶は、お互いを労《ねぎら》う言葉だった。

◇◇◇

「──ホントに最悪だったんですよ！　あの人すぐ自分の仕事を私にぶん投げて、期日通りに終わらないと怒るんです！　どう思いますか？　フレアさん」

「その気持ちすごくわかります……私も似たようなこと経験しましたから」

「やっぱり！　あの人の理不尽さには頭が痛かったですよ」

「そうですねぇ」

ズズズーとお茶を飲む。室長室に挨拶をしに来たのは一時間ほど前。私はなぜか新室長のリドリアさんとお茶を飲んでいた。

「他にもたくさんありますよ。あの人の理不尽エピソード。両手の指で足りないくらい」

「大変でしたから、お互い」

「ええ、本当に」

この一時間、前室長の愚痴で大いに盛り上がった。同じ境遇の被害者同士、通じるものがあった。リドリアさんと話すのはこれが初めてだけど、こうも早く打ち解けられたのはよかった。

　もっとも、その理由はちょっと悲しいけどね。

「はぁ……なんだか少しすっきりしましたよ。今まで話したくても言える相手がいなかったですからね」

「私も、てっきり自分だけ嫌がらせを受けているのかと思っていたので」

「確かにフレアさんが一番ひどかったと思いますよ。あの人プライド高いから、自分の立場を奪いそうな相手は潰そうとしていたんです」

「そうだったんですね」

　薄々勘づいてはいたけど。

　やっぱりそういう理由でいじめていたんだね……リドリアさんも副室長だったから、自分を蹴落とすかもしれない相手と認識していたに違いない。

「私は別に出世なんて興味なかったんですよ？　副室長になったのも、前任者がいきなり辞めちゃったからですし」

「そうなんですか？　それって……」

「そう、あの人の嫌がらせが原因で辞めちゃったんです」

「やっぱり……」

　リドリアさんは私が宮廷入りした時から副室長だった。ということは、それより前から嫌がらせはあったということか。

そこまでなら、室長はそういう性格なのだろうと納得するしかない。

「あの人が室長になってから三人は辞めてますからね。フレアさんはすごいですよ。あれだけしつこく嫌がらせされても辞めずに頑張っていたんですから」

「いえ、私は……これしかやれることがなかっただけです」

宮廷を辞めたら私に居場所はなかった。屋敷でも孤独、家族はいるようでいない。

生きていくためには、宮廷魔導具師であり続ける他なかっただけ。信念を貫いたとか、そういう格好いい理由じゃない。

「それを言うならリドリアさんもです。副室長になったのって私が入る前ですよね？」

「そう、フレアさんが入る半年前。だから六年半？」

「私より長いじゃないですか」

「期間はね。受けてた嫌がらせの量はフレアさんのほうが上ですよ？　それに私、何度か辞めようと思ったし」

「そうなんですか？」

私が尋ねると、リドリアさんは大きく溜息をこぼす。

辞められなかったの、と言って続ける。

「両親に言ったら、辞めるなんて絶対に許さない！　そんなことをしたら親子の縁を切るぞって怒鳴られたんですよ」

「そ、そこまで……」

「宮廷で働けるなんて名誉なこと、自ら手放すなんてありえないってね。私のお父さん、宮廷に入りたかったけど試験に落ちたから、それもあって……」

両親からの期待。自分では成しえなかった夢を娘に託す。そういう思いが彼女を縛っていたようだ。

「難しいんですね」

「そうですね」

私にはわからない。

両親の期待なんて、一度も受けたことがない。ただ、リドリアさんの話を聞いた後だと、期待されることが必ずしも幸せだとは限らないようだ。

そういう場合もあるのだと知った。

「はぁ……本当になんで私が室長に……フレアさんは今ってユリウス殿下の直属ですよね？」

「はい。王城で働いています」

「実際どうなんです？　ここと比べて」

「すごく快適ですよ」

即答した。心から思っていることだから、迷わず口が動いた。

「いいですねー、羨《うらや》ましい。どうやって殿下と親しくなったんです？　何かきっかけでも？」

「あーえっと……」

さすがに呪いの件は言えない。殿下が呪いを受けていたことを知っているのは、私と本人たちだけだ。公表もされていない。

「あ、ごめんなさい。プライベートなことを聞くのはマナー違反でしたね」

「いえ、すみません」

「謝らないで。私もちょっと嬉しいんですよ。自分と似たような境遇の人が、ちゃんと成果を出して認められてるのが……やっぱり羨ましいですけど」

「リドリアさん」

優しく笑う彼女を見て、心からホッとする。正直、上手くやっていく自信はなかった。

私は他人と関わるのが苦手だ。ずっと魔導具と向き合っていたから、そういうのに慣れていない。

誰かと一緒に仕事をするとかも、窮屈なんじゃないかって。だけどこの人と一緒なら大丈夫そうだと思った。

お互いの辛さがわかるから、心の距離も自然と近づく。

「リドリアさん！　私も補佐として頑張ります。一緒に早く仕事を終わらせて、定時で帰りましょう！」

殿下に次いで私のことを理解してくれた人。同じ苦しみを味わって、必死に耐えて今日まで頑張ってきた。お互い、もっと早くちゃんと関われていれば……少しは変わっただろうか。

私は一足早く、殿下と出会えて日々が変化した。だから今度は彼女のことを支えたいと私は思う。私が手に入れた幸福を、少しでもお裾分けできればいい。

「フレアさん……ありがとう。心強いです。これからよろしくお願いしますね？」

「はい。よろしくお願いします」

似た者同士助け合おう。お互いが幸せになれるように。

まずは、目の前の仕事と向き合おう。

「……じゃあ仕事しましょうか」

「そうですね」

私たちは重い腰を上げる。会話が楽しくて、いつの間にか二時間近く使ってしまった。当然だけど、仕事は一つも終わっていない。

私がこの部屋に来た時と同じ、大量の発注書がテーブルに積み上げられている。

「「……はぁ」」

私たちは同時に溜息をついた。頑張ろうとは意気込んでも、やっぱり大変なことに変わりなく。

本音を言えばやりたく……ない。

「フレアさん、魔導機関のチェックに行ってもらえる？」

「それはもう終わっています。ここへ来る前に済ませましたから」

「本当!?　助かりますよ。あれ地味に移動が面倒くさくて……」

「だと思ったので先にやっておきました」

リドリアさんは私の手を握り、ぶんぶんと縦に振りながら感謝の言葉を口にする。

「本当に心強いですよ。じゃあ残りはここの発注書と」

「通常の業務だけですね。発注書のほうは私がやりますから、リドリアさんは事務作業に集中してください」

「助かります。こっちが終わったら私も手伝いますよ」

「はい」

自然と分担は決まった。私が請け負ったのは、今まで宮廷で私がしていた仕事たち。

事務的な作業のほとんどは、リドリアさんが前室長の代わりにやっていた。

量に関わらず、やり慣れた仕事を担当したほうが効率がいいとお互いにわかっているんだ。

さっそく作業に取り掛かる。私の仕事は、室長の元へ送られてきた発注書の処理。

その場で作れる魔導具を作り、大量生産が必要なものは設計図を作って他の魔導具師に共有する。一人で何百、何千という数を作ることは物理的に不可能だ。

さすがに前室長もそこはわかっていたから、私にすべてやれとは言わなかった。

魔導具は核となる部分さえ作ってしまえば、外側は別で作って後で合わせればいい。例えば腕輪を作った時の魔晶石が核に当たる。

魔晶石に魔法を刻み込む作業だけは、私たち魔導具師でないとできない。

「……すごいですね、フレアさん」

「はい？」

「そんな速さで書き込みをする人、初めて見ましたよ」

「そう、なんですか？」

魔晶石への魔法付与をする私を見て、リドリアさんは感心していた。どうやら私は普通の魔導具師より仕事が速いらしい。

なんとなく感じていたことが、同僚の魔導具師に言われて確定的になった。

「今やってるのって一工程ですか？」

「いえ、四工程です」

「四⁉　四工程をその速度で？」

「は、はい」

リドリアさんは酷く驚いている。四工程というのは、最低四回の書き込みが必要という意味だ。より複雑な魔法効果を持つ魔導具ほど、この工程が増える。工程が増えるほど作成難易度も上がる。

「どう見ても一工程の速度ですよ……それ」

「そうですか？　いつもこうなので普通のことだと思ってました」

「全然普通じゃないですよ。定着の間隔も異常に速いですし、普通四工程を一つ終わらせるなら、最低でも三分はかかりますよ？」

「え、三分も？」

私は大体三十秒で一つ作れる。定着の間隔というのは、一つの魔法を書き込んでから、次の魔法を書き込むまでの時間。連続で書き込む場合、しっかり魔法が定着したのを確認してからになる。

　無理に続けて書くと魔法同士が反発してしまい、大きな事故に繋がる危険性があるからだ。

「ちなみに聞いてみたいんですけど、今まで最大何工程までやったことがあるんです？」

「えっと、確か二十一工程だったと思います」

「にじゅ……異次元ですねそれ。過去にもいないんじゃないでしょうか。そこまでの工程数をこなした魔導具師は」

「そ、そこまでなんですか……？」

　確かにあの時は大変だった。制作に一時間はかかったし、一歩間違えば魔法が暴発して大惨事になっていた。

　作っていたのは、とある街を守るための結界だ。

「今から思うと……あれも本来私がやる仕事じゃなかったかもしれませんね」

「絶対に室長に来た依頼ですよ。あの人自分じゃ無理だからフレアさんに任せたんだと思いますね。そしたら普通に完成させて……大体その後が想像できます」

「あー……そういえば、その後から当たりが強くなった気も……」

　無理だと思っていた案件を解決されて、さぞプライドが傷つけられたんだろう。当時は気づかなかったけど、今になってよくわかる。前室長はとことん私を潰したかったのだと。

「今頃何しているんでしょうね」

「さぁ？　もう顔も見たくありませんよ。あんな人」

「あはははっ……」

私もできれば会いたくない。

あの人に会うと必ず小言を言われていたし、気分はよくなかった。ただ、気にならないといえば嘘になる。

もしも機会があるなら、一度くらいは見て確かめたいのだ。宮廷から逃げたあの人が、どこで何をしているのか。

そんなことを考えながら仕事を続ける。夕方になり、定時が近づく。

終業まで残り一分……三十秒……十秒――

「終わったー！」

「終わりましたねぇ」

ギリギリ完遂した。二人で力を合わせた結果だ。顔を見合わせ、ガッツポーズをする。

清々しい気分になる。

「定時に終わるなんて久しぶりですよ～。本当に助かりました、フレアさん」

「いえいえ、お仕事ですから」

「頼もしい。明日からもよろしく――」

ゴトン、と何かが転がる。私たちの視線は床へ。そこには、青白い光を放つ穴の開いた球体が転がっていた。

「これって……」

「ゴーレムの、コア？」

人型魔導兵器ゴーレム。

この名を聞いて多くの人たちが連想するのは、魔導具技術によって創造された鉱物の巨人だと思う。角ばったレンガのような岩をいくつも積み重ね、ヒグマほどの大きさのごつい人型。ダンジョンの門番、物語に登場するゴーレムたちはそんな様相をしている。しかし、現代においてゴーレムは様々な形をする。

人型はもちろん、四足獣や鳥類、魚類なんかを模したゴーレムも作られてきた。

重要な施設の護衛に設置したり、人間では侵入困難な場所の調査に送られたり。その用途は多岐にわたる。そして、ゴーレムにとって最も重要なパーツが、心臓部であるコアだ。

「これコアですよね？　しかもかなり良質な……どうしてこんなものが？」

「あー……たぶんこれ、室長の私物ですよ」

「室長の？」

正確には前室長の私物だという。私は拾い上げたゴーレムのコアをまじまじと眺める。

青白い光を放つそれは、宝石のように綺麗だった。

「あの人、ゴーレム作りに精通した人だったので。個人の研究テーマも自律型のゴーレムを作ることだったはずですよ」

「自律型!?」

ゴーレムは魔導具だ。道具に感情はなく、こちらが指示した簡単な命令に従い動作する。

特定の命令を魔法の形式に置き換えて書き込むことで、様々な状況に対応できるように設定してある。命令数が多いほど、ゴーレム作りは難しい。

　そんな中、ゴーレム作りをしている多くの人たちが夢想するものがある。

　自律型ゴーレム。自分の意志を持ち、自ら思考することで行動を起こす。まるで一人の人間のように。

「室長も、自律型のゴーレムを作ろうとしていたんですね」

「みたいですよ。私たちに自分の仕事押し付けて、自分だけやりたい研究やってたんですから」

　あきれ顔のリドリアさんは溜息交じりに語る。どうやら研究は前室長がその地位につく以前からやっていたらしい。魔導具師の多くは、その生涯をかけて完成させたい何かを持っている。

　前室長にとって、このコアがそれだったのだろう。

「リドリアさんも研究には関わっていたんですか？」

「関わっていませんよ。というか関わらせてくれるわけないですから。あの人、手柄は横取りする癖に、自分の手柄を取られるのは嫌みたいなので」

「あはははは……」

　そこは前室長らしい。でも、正直ちょっと意外だった。あの人にもあったんだ。

　一人の魔導具師としてやり遂げたい目標が……。

「……少し羨ましいですね」

「え？　あの人がですか？」

「はい。私にはないんです。魔導具師として、これだけは一生のうちに作りたいってものが……」

生涯をかけた目標。魔導具師が成長する上でとても重要な要素だと、多くの人が口にする。

私にはそれがない。その時その時で作りたいものはあっても、意味も目的もなく、ただ私が作り上げたい何かは……わからないんだ。だから、それを持っていた前室長を羨ましいと思う。

「いいんじゃないですか？　私もありませんしね」

「リドリアさんも？」

「ないですよ。小さい頃はあった気もするんですが……今はありません。というか私たちは仕方がありませんよ。仕事で手いっぱいで、それ以上のことを考える余裕がなかったんですから」

「……それはそうですね」

リドリアさんの言う通り、私たちには余裕がなかった。明日の仕事を終らせるため、今日の仕事をなんとしても終わらせる。その繰り返し。休みの日だって、仕事のことばかり考えていた。

自分の研究に費やす時間も、長らく取れていなかったな。

リドリアさんは仕事を進めながら、数秒だけ窓の外を見つめる。

「だから、私たちはこれからです。ようやくお互い落ち着けそうですし、ゆっくり探していきましょう。自分のやりたいことを」

「そうですね」

殿下のおかげで、私にも少しずつ余裕が生まれた。

これから自分のやりたいことを見つければいい。そうだね。

見つかるかな？

見つかると……いいなぁ。

私だけじゃなくてリドリアさんもきっと、夢中になれる何かを見つけたい。そう思っている横顔が印象的だった。

「さて、お仕事も終わりましたし、片付けをして今日は帰りましょうか」

「はい」

リドリアさんは処理した書類を整理し始める。私も手伝おうと思ったけど、手にしたコアが目に入ってピタリと止まる。

「リドリアさん、これ……どうしましょう」

「コアですか？　そうですねぇ……あの人の私物はまとめて倉庫に保管するよう言われてますし、適当に箱に突っ込んでおきましょうか」

「……その後はどうなるんでしょう？」

「一年は保管して、それまでに戻ってこなかったら処分すると聞いてます」

「処分……」

「仕方がないですね。あの人が置いていっちゃったんですから」

私は手にしたコアを再度眺める。

何度見ても綺麗だ。私もゴーレム作りはしたことがあるし、コアを作ったこともある。

宮廷に入る前で、まだまだ今より未熟だった頃に。ちょっぴり悔しいくらい、私が作ったコアより精巧だ。よほどいい素材を使っているんだろう。

「もったいないなぁ」

そう思ってしまった。

前室長の私物であることも理解している。けど、一度でも脳裏によぎったら、もう止まれない。

「あの！　このコア、私がお預かりしてもいいでしょうか？」

「え？　どうするんですか？」

「よくはないと思いますけど、このまま完成させられないかなって」

「作るんですか？　あの人の考案した自律型ゴーレムを？　なんでわざわざ？」

リドリアさんは驚いていた。当然の反応だろう。他人の研究物、しかも失踪した前室長が残したものを代わりに作ろうという提案をしたんだ。

呆れられても無理はないし、他人の成果を横取りする気だと思われても仕方がない。それでも私は思ったんだ。

「もったいない……と思ったんです。せっかくここまで作って、処分されちゃうのは。何よりこの子が可哀そうで……」

「可哀そう……ですか」

道具相手に何を言っているのだろう。笑われてしまっても仕方がない。ただ、魔導具に罪はない。あの人のことは苦手だったし、これから先も好きにはなれない。

だけど興味が出てしまった。

あの人が作りたかったものに、その完成に。

「いいですよ。どうせほっといても捨てるだけですしね」

「ありがとうございます！」

「それに、ちょっと私も興味あります」

「ですよね」

つくづく、私とリドリアさんは似ている。そう実感しながら、私はコアをぎゅっと握りしめる。


研究室の端っこに、前室長の私物がまとめられている。木箱に入った私物の中を、リドリアさんが探している。

「この辺りに……あった！」

リドリアさんは木箱をガサガサと漁り、分厚い冊子を取り出す。表紙も何もなく、簡易的な報告書のような形式で、かなりのページ数がある。

「なんですか？　これ」

「そのゴーレム作成の報告書です。前室長が残したものですね」

「報告書？」

「ここじゃ自分の研究成果も実績になりますからね。あの人もちゃっかり進捗を報告して、優秀な魔導具師をアピールしてたんですよ。国に」

初耳だった。前室長の話ではなくて。個人の研究成果を報告すると、国から認められるんだ……そんなの初めて聞いたよ。

リドリアさんの話だと、宮廷で働く人たちはみんなやっているらしい。

魔導具師に限らず、仕事以外の研究成果を上に報告している。

「まぁ、私はそんな余裕なかったんで随分やってませんけど」

「わ、私は今初めて知りました」

「あー、普通は室長から説明されるはずなんですけど……」

そういうことか。私が宮廷に入ったその日から、前室長の嫌がらせは始まっていたと。

入ったばかりの頃なら初対面なのに？

下剋上を恐れてという話だったけど、あの人は単純に私のことが嫌いだっただけな気もしてきた……。

「これも参考に使ってください。どうせ捨てちゃうんで」

「ありがとうございます」

リドリアさんから報告書を受け取り、軽く中身を見てみる。

前室長がどんなことを記しているのか。意外としっかり要点をまとめて書いていることに、ちょっと驚いた。

「この報告書……私より見やすいですね」

「あの人あれで仕事はできるんですよ。室長になる前も、バリバリ働いてたって話ですからね。

出世のために働いてたから、室長になってからあーなったんだと思います」

　前室長がバリバリ働いている姿……まったく想像できないな。当たり前だけど、あの人も始めから室長の地位にいたわけじゃないんだよね。

　そう思うと、私が知っているのはこの六年間の室長だけで、それ以前の彼女はわからない。どんな人だったんだろう？

　少し興味がわいたけど、この手にあるコアのほうが興味をそそられる。

「さっそく帰って調べてみます」

「ほどほどにしてくださいね？　明日も仕事があるんですから」

「大丈夫です。忙しいのは慣れてますから」

　心配をかけないように、私はなるべく明るい笑顔でそう答えた。だけど、似た者同士のリドリアさんには、私の作り笑いも見抜かれたのだろう。

　少し心配そうな顔をして、彼女は私に言う。

「それは私もそうですよ。けど、身体を壊してからじゃ遅いですからね。くれぐれも無理はしないでください」

　私は頷き返事をする。仕事の大変さを知っているからこそ、リドリアさんの言葉には重みを感じる。

◇◇◇

王城へと戻った私は、部屋に戻って早々に報告書とにらめっこする。

ページ数は童話本一冊くらいはある。流し読みするだけでも相当な時間がかかりそうだ。

ただ……。

「……わかりやすい」

前室長のまとめ方がわかりやすくて、スラスラと読めてしまう。

普段本を読む速度より、明らかに速いペースでページをめくっている。

なんだか悔しい気持ちだ。私もこれくらいわかりやすい報告書をかけるようにならないと。

ゴーレム作り以外の部分でも勉強させられた。

「……よし、大体わかったかな」

結論から言えば、このコアは一割も完成していない。起動と休止の命令は付与されているけど、肝心の行動パターンが何も入っていない。

素材はこの国で手に入る最高級の『魔鏡石』と『魔晶石』、特殊な鉱物を複数混ぜ合わせている。

魔鏡石は無機物の中で唯一、自ら魔力を生成する性質を持っている。

魔晶石と似ているが、まったく別の鉱物であり、魔晶石は魔力を蓄えるだけで、自ら作り出す性質はない。通常、ゴーレムには魔力補充が必要になる。

王国で稼働するゴーレムは一日一回補充のタイミングがあり、ダンジョンなどで立ちふさがるゴーレムは、特殊な機構でダンジョン側から魔力が供給されている。

自律型ゴーレムは、この補充を必要とせず、自ら魔力を生み出し蓄えられないといけない。ゴーレムのコアとしては、これ以上ないくらい完璧だ。ほれぼれするほどに。

外側だけしっかり作って中身はこれから、という状況。逆に都合がいい。中途半端に命令を入れられているほうが面倒だから。

「命令パターンを選出して、優先順位をつけて……」

私はさっそくコアに書き込む命令を考えることにした。命令の数が多いほど作成の難易度はあがる。

通常のゴーレムなら、五から十の命令を付与すれば十分だけど……。

「自律型なら最低三十……ううん、四十はいる」

臨機応変な対応をするためには、様々なパターンを付与しなくてはならない。

その中でもっとも重要な命令は、自ら思考するというもの。情報を記録し、その情報をもとに考える。私たち人間が普段からやっていることを、ゴーレムにもやってもらいたい。

改めて思う。自律型ゴーレム作りの難しさを。人間が自らの手で、まったく別の生命を生み出すようなものだ。

それはまさに、神の御業《みわざ》と言うべき行為だろう。

「あの人が必死になるわけだね」

一度始めてしまったら手が止まらない。

完成を見たい。未知の領域へ踏み入るワクワク感が、私を突き動かす。もしかすると、これなのかもしれない。

私が生涯をかけて達成したい目標は。

第五章　ダンジョンに眠る君

「ふぁーあ……」

「眠そうですね、フレアさん」

私たちは室長室で仕事をする。

リドリアさんが新室長になり、私がその補佐。この関係も、かれこれ一月になろうとしていた。

とっくに打ち解けて、室長室も居心地のいい場所の一つになっている。

「昨日も徹夜でゴーレム作りをしていたんですか？」

「あははは……はい」

「まったく、ほどほどにしないと身体を壊しますよ？　言っても無駄みたいですけど」

「すみません」

呆れ顔のリドリアさんと、申し訳なくて笑う私。こんなやり取りも何度目だろう。

「順調ですか？　ゴーレム作りは」

「はい。今のところは」

「どこまで進んだんです？」

「えっと、今は二十八工程まで終わりました」

「二十……相変わらず規格外ですね」

前室長が残したゴーレムのコア。すでに二工程、二つの命令は付与されていた。

そこから新たに二十六の命令を魔法に変換して付与している。

「フレアさんなら簡単に完成させそうな勢いですね」

「そんなことありませんよ。やっぱり工程が増えると難しいです。徐々に作業効率も落ちてきています」

一から五工程くらいまで一日で書き込むことができた。だけど十、二十と増えるにつれ、定着にかかる時間がどうしても増えてしまう。

今は一つの命令を書き込むと、最低でも一晩は空けないといけなくなった。

「十分早いですよ。普通、二十を超えた工程を書き込めること自体が異常なんです。しかもゴーレムのコアは命令を魔法の式に変えて書き込むので、その手間もかかりますから」

リドリアさんはよく私のことを異常だという。もちろん悪口ではなく、褒めてくれている。

未だに実感が湧かない。私は普通のことをしているだけだから。

リドリアさんにも、殿下にも凄いと褒めてもらえるけど……。

どうしてだろう。私はまだ、自分が凄いとはこれっぽっちも思えない。

「あと何工程を予定しているんです？」

「えっと、五十七まで必要になります」

「五っ……異次元ですね。今度作っているところを見学させてもらえませんか？」

「もちろんです」

楽しく軽快な会話を交わしながら、手元は仕事をテキパキこなす。

二人で分担して作業している分、作業スピードが格段に速い。昔もそうだったみたいだけど、こうやって意思疎通を取り、助け合えることが何よりの利点だ。

時に黙々と仕事に集中して、いち段落ついたらお茶をしたり。なんだかんだで毎日を堪能している。

トントントン――

室長室の扉が音を鳴らす。誰か同僚が報告にでも来たのだろうか。リドリアさんが応える。

「どうぞ」

「失礼するよ」

今の声は――

「殿下」

「やぁフレア」

扉を開けて姿を見せたのはユリウス殿下だった。

彼はニコッと私に微笑みかけてくれる。

「ユリウス殿下」

「こんにちは、リドリア室長」

殿下はリドリアさんにも挨拶をする。

この二人もすでに面識がある。ただ、彼が室長室を訪ねてきたのは初めてで、リドリアさんは驚いていた。

「突然来てしまってすまないね。仕事の邪魔をしてしまったか？」

「いえそんなことは。本日はどのようなご用件でしょうか？」

「ああ、用があるのはフレアになんだ」

殿下は私に視線を向ける。

「少し話がある。時間を貰えないか？」

「はい。リドリアさん」

「こっちは大丈夫です。いってらっしゃい」

「ありがとうございます」

私は席を立ち、リドリアさんにお辞儀をして殿下のもとへ歩み寄る。

「終わったら帰すから、それまで彼女を借りるよ」

「はい」

「行ってきます」

リドリアさんは優しく微笑みながら手を振ってくれた。私は殿下に続いて室長室を出る。

「悪いな。急に連れ出して」

「いえ、殿下からのお誘いであれば、私はいつでもお応えします」

「ありがとう。こうして話すのも久しぶりだね」

「はい」

殿下は最近忙しくされていて、私もリドリアさんと一緒に仕事をしていたから、あまり話す機会がなかった。

食事も別々でとることが増えている。正直、ちょっと寂しかった。だから嬉しい。殿下とこうして話せることが。

「ようやく闇市場の件がいち段落ついたんだ。あとのことは騎士団に任せてある」

「そうだったんですね。無事に解決しそうで何よりです」

「君のおかげでもあるからね。しっかりやったさ」

闇市場の摘発と、それに関わった貴族たちの洗い出し。ずっと忙しくされていたのは、その件でいろんな場所へ赴いていたからだという。

しかしそれも落ち着き、闇市場の件は殿下の手を離れた。

「じゃあ、しばらくはゆっくり休めるんですね」

「そうしたかったんだけどな。まだやらなきゃいけないことがあるんだ」

殿下は大きく肩の力を抜く。

それは残念だ。忙しいと、殿下とゆっくり話せる時間が作れない。

また二人で夕食を……と、贅沢なことを考えていたせいで、心の中でガッカリしてしまう。

我ながら我儘だ。またしばらく会えないのかな……。

「次の案件には、君の力も貸してもらいたいと思っているんだよ」

「……え？」

「あ、忙しいなら無理にとは言わないぞ？　強制はしない。あくまで俺からのお願いだ」

「ち、違います！　驚いただけで……嬉しいです」

殿下が私を頼ってくれたことが。そしてまた、殿下の傍で働けるかもしれない期待に、胸が膨らむ。

「ありがとう」

「いえ当然です。私は、殿下の魔導具師ですから」

自分で言って、ちょっと照れる。ちらっと見た殿下の横顔は、喜んでいるように見えた。

「さて、今日は君に紹介したい者たちがいるんだ」

「私にですか？」

「ああ」

いつの間にか殿下の執務室前にたどり着いていた。彼は扉を開ける。

その先には――初めて見る男女四人が立っていた。

「紹介しよう。俺の親衛隊だ」

「親衛隊？」

「ああ。正確には、第二王子直轄の騎士たちだ」

それって、私と同じような立場の人たちってこと？

部屋で待っていたのは男性が三人と女性が一人。いずれも初めて顔を合わせる方々ばかりで、ごくりと息を呑み緊張する。

体格のいい短髪の男性が、殿下を見て雲から顔を出す太陽のように笑う。

「遅かったですねー殿下。待ちくたびれましたよ」

「ガルド、殿下に対して馴れ馴れしい口を利くなと言っているだろ？」

メガネをかけた知的な雰囲気の男性が彼を注意した。

「いいじゃねーか別に。ね、殿下？」

「そうだな。今はいいだろう。ここには俺たちしかいない」

「ほらな？」

「……殿下も相変わらず甘いですね」

メガネの男性はやれやれと首を振る。その隣で小柄な男性がひょこっと顔を出す。

「それより！　気になることがあるっすよ！」

「ん？　ああ、そういや」

「殿下、その方は？」

「誰っすか！　誰すっか！　殿下の何っすか！」

小柄な男性が興味津々に瞳を輝かせ、ぐいぐいと近寄ってくる。そんな彼の首根っこを掴んだのは、四人の中で唯一の女性。オレンジ色の髪が特徴的で、魔法使いみたいな帽子をかぶっている彼女。

「いきなり近づくんじゃないわよ。あんた女性に失礼よ」

「ちょっ、姉さん首……首が締まってる」

「お前たちは賑《にぎ》やかだな」

彼らを眺めながら殿下は微笑ましそうな顔を見せる。私だけ状況についていけず、置いてけぼりをくらっているみたいになる。

「で、殿下……」

「あーすまない。ちゃんと紹介するよ。みんな聞いてくれ、彼女が魔導具師のフレアだ」

「ああ、先の闇市場の一件で活躍したという」

「殿下の呪いを解いてくれた魔導具師か！」

え、今呪いって……私はパッと勢いよく殿下に視線を向ける。

彼はこくりと頷く。

「彼らには俺が呪われていたこと、君に助けられたことを伝えてある。闇市場の調査を一緒にしていたのも彼らだ」

「そう……なんですね」

てっきり知っているのは自分だけだと思っていた。他にも知っている人がいたんだ。

「殿下も水臭いよな。呪いのこと、ずっと黙ってたなんてよ」

「殿下にもお考えがあったんだ。解決したことを今さら蒸し返すことはない」

「つってもよぉ。レスト、お前だって思うところはあるだろ？」

「……それはそうだが」

どうやら話したと言っても、呪われていた期間は秘密にしていたようだ。全てが終わってから事後報告をしたのだろう。

頼ってもらえなかったことに不満がある。彼らの表情は、そう訴えているように見えた。

「すまなかった。反省してる」

「殿下の反省ってその時だけっすよねー痛い！」

「あんたは思ったことそのまま口にする癖直しなさいよ」

「ははは……耳が痛いな」

殿下は笑ってごまかす。彼らは殿下の部下だけど、随分距離が近い様子。時折見せる友人のような雰囲気が、ちょっぴり羨ましかった。

「殿下を助けてくれてありがとな。俺は親衛隊の隊長をしてるガルドだ。よろしくな。こっちは副隊長のレスト。ちっこいのがダン、ダンの耳を引っ張ってんのがイリスだ」

「初めましてですね。貴女の活躍は殿下から伺っています。殿下を救ってくれたこと、心から感謝いたします」

「よろしくっす！　あとちっこいとか言わないでほしいっす！」

「事実でしょ？　同じ女性同士、仲良くしてね」

「は、はい！　皆さんよろしくお願いします」

私は深々と頭を下げた。第一印象は、みんな個性が強い人たちだな……と思った。

仲良くなれるだろうか？

「彼らは立場的に君と同じだ。上下関係も特にないから、気軽に接してくれていい」

「お、ってことは殿下。彼女も親衛隊入りですか？」

「わ、私がですか？」

「まぁそういうことにもなるが……強制じゃないからな。フレアの意志次第だ」

「えっと……」

　反応に困って低回する。嫌というわけじゃない。殿下を支えてきた人たちの一員になることは、私にとっても望むところだけど。

「親衛隊って、何をするんですか？」

「俺が第二王子としていろいろやってることは話しただろ？　あれの手伝い、俺と一緒に調査・解決に尽力して貰うのが親衛隊の役割だ」

　闇市場の一件。殿下は王国の陰に巣食う悪と日々戦っている。

　確か以前、私は危険だから関わらないようにと忠告されたことを思い出す。

「あの時は考えが甘かった。痛感させられたよ……君の力を。これから先、何が起こるかわからない。不測の事態に備えるためには君の力がいる。危険なことに君を巻き込みたくない気持ちもある。だが……」

「殿下……」

　とても悩んでいるのが伝わる。個人的感情と、王子としてやるべきこと。二つを天秤にかけて、どちらを優先すべきか決めかねている。

その迷いを表すように、握った拳がわずかに震えていた。だから殿下は私に尋ねているんだ。

私がどうしたいか。

私の選択を聞いて、どうするべきか決めるために。

「協力させてください。あの時もそういうつもりでしたから」

「フレア……」

私の気持ちは決まっている。

殿下の傍で働くことが、私の役目であり、それこそが私の誉《ほま》れだから。

「ありがとう。君は本当に、頼もしいな」

嬉しそうでもあり、悲しそうでもある。複雑な殿下の心情を察して、私は心のうちで決意する。

殿下の力になることを。そして、殿下に心配をかけないように努力することを。

「なぁ殿下！　さっそく話を進めようぜ！」

「そうだな。挨拶も終わったし、本題に入ろう。みんな適当に座ってくれ」

執務室のソファーに一人ずつ腰を下ろしていく。本来なら殿下と他全員が向かい合う位置に座るのだけど、大きさ的にそれはできない。

四人が右側に座ると、もう席が空いていない。

「フレアはこっちでいいよ」

「は、はい！」

私は殿下の隣に座った。

食事でも話し合いでも、対面でしか座ったことがなかった私は、すぐ隣に殿下の肩があって緊張する。

「それじゃ、今回の案件について説明する。レスト、地図を出してくれるかい？」

「はい」

レストさんが世界地図を広げる。中心に私たちの国があり、その周囲の国々を含む細かな情報まで記されている。

市場に出回っている地図の中でも、より正確な物だろう。殿下は地図の一点を指さす。

「ここだ。ここに新たな地下迷宮……ダンジョンが発見された」

「ダンジョン？」

「知ってるか？　フレア」

「はい。知識だけは」

ダンジョンとは古代の遺産が眠る大迷宮。古《いにしえ》の時代を生きた偉人たちが、その功績と成果を補完するために作り上げた巨大な宝物庫。その構造や仕組みは、現代でも謎に包まれている。

宝物庫とされているのも、宝が眠っているからそう呼んでいるだけで、実際は何の目的で作られたのかもわからない。

新たなダンジョンの発見は、古の時代の秘密を紐解く重要なものであり、そこに眠る財宝の中には現代技術を超越した代物も多くある。

「ダンジョンの遺産は、文明の発展に大きく関係する。だからどこの国も組織も、ダンジョンの発見に力を注いでいる。俺たちの国も例外じゃない」

「ダンジョンの調査が今回の案件ですか？」

「そうだ」

　レストさんの問いに殿下は頷いて返答した。

　闇市場の調査とは違った難しさがありそうだと、なんとなく感じる。ダンジョンなんて見たこともないから、私にはわからないけど。ただ疑問に思ったのは、それだけ重要な調査をここにいる数名でやろうとしていることだった。

　私は殿下に尋ねる。

「もっと大規模に調査しないんですか？」

「それは次の段階だな。実をいうと、これが本当にダンジョンだという確証がないんだ」

　殿下の話によると、ダンジョンらしき入り口を見つけた。というだけで、中まで調査していないから確定はできていないとか。

　未確定な情報に騎士団を動かすことはできない。そしてもう一つ、大規模に調査するなら、より確実に攻略できる準備がいる。

　殿下の表情が少しだけ険しくなる。

「ダンジョンを狙ってるのは国だけじゃない。いろんな組織が目を光らせてる。特に、犯罪に関わる組織が危険なんだ」

「犯罪……闇市場にも関わっていた盗賊とかですか？」

「もっと大きいよ。最近、アファリスっていう組織が勢力を広げているんだ。奴らは人身売買、危険薬物の取引、窃盗に密漁、殺人……人道に背く行為を平気でやる」

私はごくりと息を呑む。アファリス……そんな危険な組織があるんだ。

この国は安全だと思っていた。そう見えるのは、殿下や騎士団が私たちを守ってくれているからで。目に見えない悪は存在するんだ。

「あいつらにとってダンジョンなんて格好の餌だからな。存在がばれりゃー確実に取りに来る。だからバレちゃなんねーんだよ」

「要するに、隠密にことを済ませる必要があるんです」

「そこでオイラたちの出番ってわけっすよ！」

「私たちでダンジョンを調査して、次の本格攻略に繋げる。もしくは、可能ならそのまま攻略してしまうってことよ。そうですよね？　殿下？」

殿下はこくりと頷く。

「ここにいるのは精鋭だ。ダンジョン相手でも引けはとらないと俺が保証する。フレア、君にはダンジョン調査で使う魔導具を準備してほしい」

「わかりました。何が必要になりますか？」

「それについては僕がまとめておきました。これをご覧ください」

レストさんが一枚の紙を私に手渡す。

紙にはダンジョン攻略に最低限必要な装備と、今回必要になりそうな魔導具の特徴が書かれていた。照明に武器防具、気になったのは……。

「海上移動が予想される……船を使うんですか？」

「いいや、船は使えない。目立ちすぎるし、何より危険だ」

今回見つかったダンジョンの入り口は海上にある。

船を使えばたどり着ける距離らしいけど、問題はその周辺にいる魔物たちだった。

「船でいくと間違いなく魔物の標的になる。この人数じゃ大型の船は使えないし、迎撃も難しい。だからまず、どうやって近づくかを考える必要があるんだ」

「俺は泳いでもいいけどな」

「私は絶対に嫌よ」

「オイラも水は苦手なんで勘弁してほしいっすね」

「そもそも体力的に無理です。泳ぐには距離が離れすぎている」

レストさんがガルドさんに地図を使って丁寧に説明していた。ガルドさんは鬱陶しそうに、冗談だって、と突っぱねる。

「フレア。君の力でなんとかできないか？」

「海上の目的地まで安全に行ければいいんですよね？　それなら何とかなると思います」

具体的な構想が頭に浮かぶ。それを説明する前に、殿下は納得したような顔をして、笑顔で私に言う。

「さすがだな。それじゃ人数分、五セット用意してほしい」

「五セットですか？」

「ああ、彼らと俺用だ。さすがにダンジョンは危険だからな」

「殿下も参加されるんですか？」

私はてっきり親衛隊の皆さんだけだと思っていた。ダンジョンには未知が溢れている。とても危険な場所に殿下も行こうとしている。

一国の王子が危険を冒すことに驚き、疑問を抱く以上に心配になった。

「こう見えて俺は強いからな。こいつらにも負けないぞ？」

「でも、危険ですよ」

「それもわかった上だ。単なる我儘だが、俺は自分の目で確かめたいんだよ。この国にあるものを、未知ってやつの正体を」

そう語る殿下の表情は、どこかワクワクしている子供みたいに無邪気で、楽しそうだった。実際はもっといろいろな思惑や感情があるはずだ。その中に、子供みたいな探求心があるのだろう。

その気持ちは私にもわかる。魔導具師として新しいものを生み出したい。私が知らない知識を、技術を知って、取り入れたい。

人は誰しも、今の自分にないものを求める。

殿下の想いは理解した。ただ、やっぱり心配だし不安だ。

「そう……ですか」

私はダンジョン調査には参加できないのかな？

殿下も参加するのに……。

「わかりました」

私は心の中で決める。

六セット、自分の分も作ってしまおうと。


翌日――私は作成した魔導具を殿下たちに届けた。殿下の執務室で一つ一つ見せながら説明を終える。

「以上です」

「さすがだな。この短期間で仕上げてきたか。普段の仕事もあったのに大変だっただろ？」

「いえ、このくらいは平気です」

「かー！　すげぇな。さっすが殿下のお気に入りだぜ」

完成した魔導具をまじまじと見ながらガルドさんがそう言った。

お気に入り？

私が殿下の……お気に入り。嬉しくてちょっぴり顔がニヤケてしまいそうだ。レストさんとダンさんも、魔導具を手に取っていろいろな角度から確認している。

「これでダンジョンの調査に出発できますね」

「そうっすね！　なんかこういう道具見てるとワクワクするっすよ」

「子供ね。あら？　今気づいたけど、一つ多くないかしら」

イリスさんが気づく。

注文されたのは殿下を含む五人分。だけどテーブルの上には六人分の魔導具がセットで置かれている。殿下が首を傾げて私に尋ねる。

「予備も作ってくれたのか？」

「いえ、それは私の分です」

「なるほど。フレアの分……え？　君の分⁉」

殿下は目を丸くして驚いた。そんなに驚かれるとは思っていなくて、私のほうがビックリする。

私は魔導具を手に、殿下にお願いする。

「殿下！　私も調査に同行します」

「同行って……わかってるのか？　ダンジョンだぞ」

「わかっています。その上で同行したいんです」

「フレア……」

私は決意を胸に、真剣な眼差しで殿下に訴える。

殿下は困った顔をしていた。私がこう言い出すと予想していなかったのだと思う。殿下を困らせるなんて失礼だと自覚しながら、私は続けて言う。

「危険な場所だからこそ、何かがあったら魔導具が壊れるかもしれません。そうなったときに修繕できるのは私だけです。それに私は素材さえあればその場で魔導具が作れます」

自分が有用であることを示す。

私は騎士じゃない。みんなのように戦う力は持っていない。それでも同行すれば役には立つ。

私は殿下の魔導具師として、殿下の傍でやれることに最善を尽くしたい。

「いいんじゃねーの？」

「ガルド、いや、だが危険だぞ」

「それをわかった上で付いてくるって言ってんだ。相応の覚悟はしてる……だよな？」

「はい」

私は頷きハッキリと答えた。ガルドさんはニコッと笑って言う。

「だったら問題ねーよ。実際バックアップはありがたいしよ」

「……」

「殿下、大切なのはわかるけどよ。つーか、そんな大事なら殿下が死ぬ気で守ればいいじゃん」

「……はぁ」

殿下は諦めたように豪快な溜息をこぼした。腰に手をあて、優しく微笑む。

「わかったよ。君の意志を尊重する」

「ありがとうございます！」

「ただし！　絶対に無茶はしないこと。俺の傍から離れないことを約束してくれ。手が届く場所にいてくれないと、君を守れない」

「はい」

いつになく真剣な表情の殿下にドキッとする。私に対する心配の声が、これほど嬉しいとは思っていなかった。

　相手が殿下だから？

　だとしたら私は……殿下をじっと見つめる。

「出発は明日の夕暮れ、早朝に到着できるように出るぞ」

「よし！　ダン、馬車の手配をしておけよ」

「了解っす！」

「レストとイリスも遅れるなよ！　寝てたらおいてくからな！」

「寝ないわよ」

「あなたと一緒にしないでください」

　思えばこれが初めてだった。

　魔導具師として王都の外に出向くのは。まさか初の出張先が、未知の領域ダンジョンになるなんて……昔の私が知ったらどんな顔をするかな？

　驚いて腰を抜かすかな？

　いいや、案外楽しいと思うかもしれない。今の私がそうであるように。だってダンジョンは、私たち魔導具師にとっても宝の山だから。

◇◇◇

馬車を走らせ一日と半分。東の国境線には、大海原が広がっている。

少し北に逸れれば街があって、漁港や海水浴場など海を満喫できる場所がある。私たちが向かったのは人気のない砂浜だった。

「準備はいいか？」

「ああ。いつでも行けるぜ、殿下」

「フレアは？」

「私も平気です。覚悟はしてきましたから」

ぐっと手に力を込めて答える。殿下の行くぞという声に続いて、私たちは海へ入る。

もちろん、泳ぐわけじゃない。海を、歩くんだ。

「おーすげぇ！　ほんとに歩けてるよ！」

「魔導具って便利っすね～　魔法使いじゃないのにこんなことできるって快感っすよ！」

「あまりはしゃがないように。魔力は有限なんですよ？」

「そうよ。この手の効果を魔法で維持しようと思ったらどれだけ魔力がいると思ってるの？　大事に使いなさい」

四人が前を歩き、私と殿下がそれに続く。私たちが足に装備しているブーツは、水の上を歩行することができる魔導具だ。

　事前情報をもとに、船を使わずたどり着く方法としてこれが一番手っ取り早かった。船を浮かせて進む方法もあったけど、コストと制作にかかる時間から除外した。加えて……。

「魔物も襲ってこないっすね」

「だな。すぐ下を泳いでやがるのによぉ」

　肩に羽織ったローブには、同様の魔導具を装備している者同士でないと視認できないような効果を付与してある。

　魔物たちも気配は感じるけど、視覚で確認できないからか襲ってはこない。

「ここまで安全に行けると、少々拍子抜けですね」

「油断しちゃだめよ」

「わかっていますよ。ですが、もう到着します」

　レストさんの視線の先に、目的地はあった。海のど真ん中。

　不自然に突き出した人工物の棟。

「ここが……」

　私たちはダンジョンの入り口にたどり着いた。細長い棟の中央に、人間一人がちょうど入れる大きさの穴がある。

　扉はなく、鍵もかかっていない。誰でも簡単に中へ入れてしまう。

　もっともここは海上だ。普通、誰も近づかないし、見つけられない。

殿下の話によると、近海で仕事をしていた漁師が偶然発見し、変な建物があると報告があったことがきっかけだとか。

「行くぞ。お前ら」

「はい」

「うっす！」

「ええ」

親衛隊の皆さんが先に中へと入る。私と殿下はその後ろについていく。

中に入るとすぐに階段があった。螺旋《らせん》状になっていて、ずっと下まで続いている。

入り口から注ぐ太陽の光も届かなくなって、あっという間に真っ暗になった。

先頭を歩くダンさんが魔導具に明かりをつける。ランタンの形状をした魔導具で、満タンまで魔力を補充すれば二日は照らし続けることができる。

大きいサイズを一つ、小さくて腰に装備できるサイズを人数分用意してある。

「ダン、奥は見えるか？」

「まだっすね。かなり深いっすよこれ」

「底についたら水の中……なんてことないでしょうね」

「今のところは水の音もしない。そうでないことを期待するしかないな」

警戒しながら階段を下っていく。五分ほど歩き続けて、ようやく底が見えてきた。

水に浸かっているわけではないようでホッとする。と同時に、どこまでも続く長い廊下が視界に入って、ごくりと息を呑んだ。

「今ならまだ引き返せるぞ？」

殿下が私に尋ねる。

私は首をぶんぶんと横に振る。

「大丈夫です」

不安はある。けど、恐怖はなかった。私たちは廊下を歩く。

長い廊下をひたすらまっすぐに……と思ったらいきなり十字の分かれ道に差し掛かる。

「ダン」

「了解っす。皆さんちょっと耳を塞いでてくださいっすよ！」

言われた通りにみんなが耳を手で塞ぐ。よくわからなかったけど、私も同じようにした。

ダンさんが大きく息を吸う。

「わぁ！」

いきなり大声で叫んだ。

人に出せるの？

というくらいの大声が響き、鼓膜が破れそうになる。

「な、なんですか今の」

「見てればわかるよ」

ダンさんは静かに耳を澄ましている。そして右の道をさす。

「こっちが正解っすね」

「え、なんでわかるんですか？」

「音だ。彼は耳が人一倍よくてね？　極々小さな音も聞き分けられる」

「反響する音を聞けば大体の構造はわかるっすよ！」

音の跳ね返りで奥へ続いている道を調べた？

そんなことが人間にできるの？

ビックリ人間過ぎて私は言葉を失った。彼が示した道順を、みんなは疑うことなく進んでいく。

実際行き止まりに差し掛かることもなく、順調に先へ進めている。だけど、ここはダンジョン。

偉大な先人が残した遺産を保管する場所。

何も起こらないはずがない。

「おっ、なんか動いたな。警戒しろお前ら、来るぞ」

先頭を歩いていたダンさんが後退して、代わりにガルドさんが前に出る。彼はすでに背中の大剣を抜いていた。レストさんは槍を、イリスさんは杖を構える。

「ゴーレムか。ダンジョンらしい敵じゃねーかよ」

「感心してないで行きますよ」

「わーってるって。イリス、魔法準備しとけ」

「ええ」

出現したのは三体の巨兵。廊下を上まで塞ぐ巨体が立ちはだかる。

ガルドさんが速攻で前に出る。大剣を振り回し、ゴーレムの拳と衝突させる。

「はっ！　軽いパンチだなぁ！」

その隙をつき、レストさんが槍で関節を切断した。

「関節はもろいですね。ですがゴーレムはコアを破壊しない限り止まらない」

「イリス！」

「二人とも避けて」

イリスさんはすでに魔法の詠唱を終えていた。前方に展開された魔法陣から放たれるのは、岩をも砕く稲妻。

「ボルテクス」

稲妻はゴーレムの心臓部、コアを正確に打ち抜き破壊した。コアを破壊されたゴーレムは機能を停止する。動かなくなった巨体は岩の塊でしかない。

残り二体。

「すごい……」

「言っただろ？　彼らは精鋭だ。まかせて大丈夫だろう」

これなら見ていて安心だ。

残り二体も問題なく――

「後方から何かくるっす！」

「なに？」

私たちは振り返る。暗い中に赤い目が二つ、四つと増えていく。

姿を見せたのは半魚人の怪物。

「サハギンっすね。別のルートにいたのが追ってきたみたいっす」

「魔物が住み着いていたか」

「みたいっすね。オイラが引き留めるっすよ」

ダンさんは右手にナイフ、左手に細い鉄の針を複数握る。

「戦うのあんまり得意じゃないっすけどね！」

そう言いながらも勇敢に向かっていく。

軽快な動きでサハギンを左右に揺さぶり、針を投げて目を潰し、ナイフでとどめを刺す。しかし数が多く、何体かがこちらに迫る。

三人は未だゴーレムと戦っている。

私がなんとか——

「下がっていてくれ」

「殿下？」

殿下は腰の剣を抜く。そして瞬く間にサハギンを切り裂き、剣を鞘《さや》に納めた。

「え……え？」

「大丈夫だったか？」

「は、はい」

咄嗟のことで驚き、キョトンとした顔をしているのが自分でもわかる。自分がなんとかしなきゃと緊張していたことも影響しているだろう。

何事もなかったかのように、親衛隊の皆さんの戦闘に殿下は視線を向ける。その真剣な横顔を私は見つめる。

「さっすがだなぁ」

「ガルドさん！」

私が遅れて視線を向けると、いつの間にかゴーレムは三体とも倒したらしい。

「殿下は強いぜ。剣の腕なら王国でも一、二を争う」

「そんなに……」

「昔から身体を動かすのは好きだったからな。剣の修業をしてたらこうなった。どうだ？　中々様になってるだろ？」

「はい！　とっても、格好よかったです」

心から出た賞賛の言葉。殿下は嬉しそうに微笑む。その笑顔は、私から不安を拭い去った。

「全員無事だな！」

「はい。ゴーレムの残骸の撤去も終わりましたよ」

「サハギンも駆除完了っす！」

「こっちも平気、ってガルド、あんた腕を怪我してるわよ」

イリスさんが気づいて指をさす。ガルドさんの右腕が赤く腫れ、わずかに出血も見られる。

「お、ほんとだ。気づかなかったぜ」

「防具を付けないからですよ」

「あれ重くて動きにくいんだよ」

「それは同感ですが……負傷しては意味ないですよ」

「大丈夫だって。これくらい唾《つば》でもつけときゃ治るっての」

　ガルドさんは平気なことをアピールするように怪我した腕をぶんぶんと回す。本当に大丈夫そうではある。ゴーレムとの戦闘で打ち付けたのだろう。出血はしているが軽い怪我だ。

「あの、ガルドさん」

「ん？　なんだフレア」

「よかったらこれ、使ってください」

「なんだこれ？　腕輪？」

　私は緑色の装飾が施された腕輪をガルドさんに手渡した。

「つけてみてください」

「おう」

　彼は私に言われた通り腕輪を装備する。すると……。

「傷が治ったぞ！」

「回復の効果をもつ腕輪です。今くらいの軽い怪我なら治癒できます」

　軽く周囲から、おおーという声が聞こえてきた。

「すげぇな！　こんなのもあるのか！」

「はい。でも時間がなかったので一つしか用意できませんでした」

本当は人数分作りたかったけど、ブーツや他の魔導具を作るのに時間がかかった。余った時間で作成できたのは一つが限界だった。

「いえ十分ですよ。無茶をして怪我をするのはいつもガルドだけですから」

「オイラたちは自分で気を付けるから平気っすよ！」

「助かるわ。私は攻撃系の魔法は得意だけど、それ以外の魔法は苦手なの。回復もポーションと薬草頼りだったから」

「サンキューなフレア！　これで思う存分暴れられるぜ」

ガルドさんは力こぶを作る。

「勢い余って壊すなよ。せっかくフレアが作ってくれたんだ」

「お？　なんだ殿下？　俺だけもらっていじけてんのか？」

「心配しているんだよ。腕輪の」

殿下は意地悪な笑みを浮かべてカルドさんにそう言った。なんだか子供みたいだ。

「俺のじゃねーのかよ！」

楽し気な笑いが起こる。陽気な雰囲気は、ここがダンジョンだということを忘れそうになる。

殿下も楽しそうだ。

この人たちと一緒にいると、殿下は子供みたいな笑顔を見せることがある。

「楽しそうですね、殿下」

「ん？　まぁな。最近はきな臭い事件ばかり追っていたから。そういうしがらみがない今回みたいな案件は気楽なんだよ。執務仕事も続いていたし、思いっきり身体を動かせるのは楽しい」

　無邪気に笑う殿下を見て、私も楽しくなる。殿下は身体を動かすことが好きみたいだ。

「さぁ、先に進むぞ」

　その後も、私たちの前にはダンジョンの仕掛けが立ちふさがった。しかし悉《ことごと》くを粉砕し、無傷で奥に進む。

　トラップもダンさんが見つけてくれるから引っかかる心配はない。

　順調すぎるほどあっけなく、私たちは最深部へたどり着いた。

「なんかゴーレム多くねーか？」

「多いですね。ここがダンジョンであることを考慮しても多い。ここを作った偉人は、ゴーレム作りに精通した方だったのかもしれません」

「ゴーレム……」

「どうした？　フレア」

　隣で殿下に声をかけられ、びくっと反応する。

「あ、いえ、ちょっと考え事を」

「そうか」

　最近ずっとゴーレムのことばかり考えているせいか。ゴーレムを見る度に連想する。

前室長が残したコアを。徐々に完成へと近づいているけど、ここにきて大きな問題に差し掛かっていた。コアが完成しても、装着する器がない。

ゴーレムはコアの精度に比例して、使用する器も変化する。今回作っている自律型ゴーレムなら、できる限り自由度の高い肉体が必要だ。

人間をそのままゴーレムにする……くらいじゃないとコアと釣り合わない。

そんなの私には作れない。

魔導具で人間まで作れたら、それはもう神様と同じ領域だ。

考え込んでいる私に、殿下が優しい声色で問いかける。

「フレアは最近、よく考え事をしているな」

「え？　そうですか」

「ああ。何か新しいことでも始めたのか？」

「そう、ですね。仕事以外で作りたいものができた……かなと」

少し恥ずかしい。殿下にプライベートな話をするのは。

殿下は安心したようにホッと胸を撫でおろした。

「そうか。よかった」

「殿下？」

「夢中になれるものがあるっていうのはいいことだ。現に、最近の君はどこか活き活きとしてるよ。初めて会った頃とは大違いだ」

「そ、そんなに違いますか？」

「全然違うよ。あの頃の君はただ疲れていた。けど今は、疲れと一緒にやりがいを感じているように見える」

「やりがい……そうですね。やりがいを感じています」

殿下の下で働くようになって、自信を取り戻している。

気持ちに余裕ができたおかげで、他にやりたいことへ意識を向けられるようになった。つまるところ今の私は……。

「殿下のおかげです」

「俺は何もしていないが？」

殿下は笑みをこぼしながらそう言った。私は首を横に振る。

「そんなことありません」

殿下の傍だから、こんなにも活き活きとしていられる。私がそう思えるから、きっとそうだ。

そう思うと自然に笑みがこぼれる。そんな私の表情を見て、殿下も少し嬉しそうに笑ってくれた。彼は明るく言う。

「そのうち教えてくれ。君のやりたいこと」

「はい」

完成したら殿下にも見せよう。そう思いながら私たちは先へと進む。

最深部。重厚感漂う鉄の扉を開けると、そこには広々とした空間があった。

奥にはもう一つの扉が。そして中央には。

「出たな。ダンジョンのボス！」

六本の腕を持つ巨大ゴーレムがどっしりと構えている。ガルドさんが剣を抜き、みんなも戦う体勢になる。それに呼応するように、ゴーレムは起動した。

六本の腕にはそれぞれ武器が装備されている。第一右腕には矢を持ち、第一左腕には弓を持つ。両第二腕には槍を持ち、第三腕には剣を装備していた。近中遠距離、どの距離からでも攻撃ができるように設計されているのだろう。

「いつも通りいくぜ！　バックアップ頼んだぞ」

「深入りは禁物ですよ」

「オイラは姉さんの護衛と周辺の警戒っすね」

「魔法を準備するわ」

彼らもいつになく真剣な表情をしている。私の前に立つ殿下も、すでに剣を抜いていた。

いつでも戦えるように。

ううん、きっと私を守れるように。

「俺の後ろから動くんじゃないぞ」

「はい」

緊張が走る中、ガルドさんが先陣を切る。大剣を豪快に振り回し六本腕のゴーレムに斬りかかる。

「おら！」

ゴーレムは両手の剣をクロスすることでこれを防御。ガルドさんの一撃は重く、ゴーレムの足元に亀裂が入る。

そうとうな威力故に、両腕でなければ防御はできない。

普通ならここから反撃はできないけど、ゴーレムには腕が残り四本ある。すかさず槍の一突きが襲う。

「っと！」

「下がってください！」

同じ槍でレストさんが弾く。連携の取れた動きで接近戦を仕掛ける。二対一だが腕の数は相手がまだ多い。第一の腕が持つ弓と矢を構え、近接で戦う二人めがけて放つ。

「アイシクルランス」

放たれた矢は氷の槍で相殺された。さらにもう一発、イリスさんの魔法が発射される。

これをゴーレムは腕で払いのける。

「チッ、硬いわね」

ゴーレムは再び矢を構える。

狙いはイリスさん。彼女の魔法が厄介だと判断したのかもしれない。発射を妨げようと攻撃するガルドさんとレストさん。しかしゴーレムは構わず発射する。

「姉さんはそのまま！」

ダンさんが叫ぶ。

飛翔する矢にワイヤーを絡ませ引っ張ることで、その軌道を逸らした。

「ふぅ、重たいっすねこれ」

「助かったわダン！　もう一発行くわよ」

今度は氷ではなく鋼鉄の巨大槍。イリスさんの頭上に生成されたそれは、爆発的な速度で発射される。

「アイアンランス」

ゴーレムは弓と矢を捨て、両手をクロスすることで防御する。しかし威力が勝り、イリスさんの攻撃はゴーレムの頭部を破壊した。

頭部の中にはコアが見える。

「よっしゃ！　これで動――」

ゴーレムはガルドさんに剣をふるう。

咄嗟に飛び避ける。

「けんのかよ！　どうなってんだ！」

「違うぞガルド。おそらくこのゴーレム、コアが複数あるんだ」

「まじか」

コアを破壊しない限りゴーレムは倒せない。そして六本腕のゴーレムにはコアが複数あり、その力が巡っている間、どれだけ壊しても再生する仕組みになっていた。

「治りやがったな」

「これは長期戦が予想されますね」

「姉さん、魔力の残りはどうっすか？」

「あと半分よ。どうにか隙を作って。一撃で全身粉砕してやるんだから」

イリスさんが魔法の詠唱を始める。長期戦になれば不利になる。そう見込んで大技を繰り出す作戦に変更したらしい。

「お、おい！」

「こいつ標的を――」

直後、ゴーレムの挙動が変化する。接近戦を仕掛ける二人を無視して、魔法を準備するイリスさんへと向かう。

「まじっすか！」

「こっちに来るぞ」

「魔力の増幅を感知してこっちに来てるんです」

そういう機能がゴーレムには追加されているんだ。

おそろしく精密に作られたゴーレム。きっとこれを作った昔の人は、私よりずっと優れた魔導具師だったに違いない。

「感心してる場合じゃないよね」

私は持ってきた道具を漁る。ゴソゴソと音をたてた私に、殿下が視線を向けたのがわかる。

「フレア？　何をして」

相手がゴーレムでよかった。最近ずっとゴーレムのことを調べていたから、その構造には誰より詳しくなっている。

これが古の時代に作られたものでも、ゴーレムだというなら。

「動きを止めます！」

私はカバンから青いボールを取り出す。

それをゴーレムに投げつけた。ゴーレムはボールを剣で払い、刃に触れた瞬間にボールが破裂する。

破裂したボールは稲妻のような光を放ち、ゴーレムの動きを一時的に封じる。

「今のは？」

「魔力の流れを一時的に乱す魔導具です。効果は数秒なので長くはもちませんけど」

「でかしたぜフレア！　イリス！　今のうちにぶっ放せ！」

「言われなくてもそうするわ！」

イリスさんの頭上には、巨大な鋼鉄のハンマーが生成されていた。粉砕すると口で言っていたけど、まさか本当に？

「ぶっ壊れなさい！　トールハンマー！」

横ぶりのハンマーがゴーレムをとらえた。恐ろしい威力の一撃でゴーレムを吹き飛ばし、壁にめり込ませる。

衝撃は全身に伝わり、外装から内部までぐちゃぐちゃになる。

「――ぷはっー、もう魔力は空っぽよ」

「お疲れさっす姉さん。ばっちり粉々っすよ」

ガルドさんとレストさんも戻ってくる。みんなの無事を確認してホッとする。

「ありがとう、フレアちゃん。おかげで助かったわ」

「いえ、無事でよかったです」

「お手柄だったな、フレア」

「あんなものまで用意していたんですね」

みんなが私を褒めてくれる。そんな中、一番褒めてほしい人と視線が合う。

「本当に、君には驚かされるよ」

そう言って貰えたなら、私も同行した甲斐がある。

最終関門を突破し、残るは最後の部屋。敵はなく、中にあるのはここを作った偉人の財宝。

「おお……金ピカだぜ」

「よくわからない道具もありますね」

「魔導具だと思います」

ここを作った人は魔導具師だったのだろう。ゴーレムの数が多いのも、ゴーレム作りに精通した人物だったからで間違いなさそうだ。

他人の作った魔導具は見ていて面白い。どんな効果があるのか試したい。

「皆さんこっち！　なんかでかい箱があるっすよ」

ダンさんの元へ赴く。長細い箱だ。人間がすっぽり入れる大きさはある。ガルドさんが箱を開ける。そこに入っていた物を見て、全員が言葉を失う。

「に……」

「「「人間？」」」

淡い水色の髪を持つ少年が眠っていた。どこからどう見ても人間。だけど私だけは気づく。これは人ではない。

「違います。これ、ゴーレムの器です」

服の隙間から見える胸の位置に、コアを入れ込む穴があった。

間違いなく器だ。それも、生まれて初めて見る精巧な。

第六章　大魔法使いの復活

ダンジョン調査から二日後。私は王城にある自分の研究室でゴーレムのコアと向き合う。その傍らには、今にも動き出しそうな少年が眠っている。しかし動かない。

彼は人間ではなく、作り物。

ゴーレムの器。言い方を変えれば、抜け殻のようなものだ。

「フレアがやりたいことってゴーレム作りだったのか？」

「はい」

研究室には殿下も一緒にいる。殿下にはすでに事情を説明した。

「前室長の置き土産《みやげ》……か。よく取り組もうと思ったな。言い方は悪いが、彼女にはいろいろと思うところがあっただろ？　捨ててしまってもよかったのに」

「魔導具に罪はありませんから。それに、私が見てみたかったんです」

自律型ゴーレムの完成は、多くの魔導具師が目標にしている。

未だ誰も到達していない境地だ。私はそこにたどり着いてみたい。そこから見える景色を、どんな色をしているのか知りたい。

好奇心が私を突き動かす。この一か月、ひたすらゴーレムと向き合った。

もはや前室長のことは関係ない。ただ、私がやりたいからやっている。

「ずっと探していたんです。このコアに見合うだけの器を」

「それがこいつか」

「はい。見たことがないほど精巧な器です」

どこから見ても人間にしか見えない。しかしこれは作り物、触れれば柔らかさはあっても熱はない。人間にしか見えないけど、どこか人間味が感じられない。

死体とも違う。初めから生命が感じられない。というより、抜けているみたいに感じる。

まるで――

「肉体から魂だけが抜け落ちた状態みたいですね」

「魂か。意外だな。君はそういう概念を信じているのか？」

「信じてはいませんでした。この器を見るまでは」

もしも私から魂が抜ければ、今の彼と同じ状態になるんじゃないか。そう思えてくるほど、この少年は異質だった。

「殿下、この子を譲ってくれてありがとうございます」

「別にいいさ。王国で保管しても誰も手を出せない代物だろうし、君が可能性を見出したなら、これは君が持つべきだ。他のみんなもそう言っていただろう？」

ダンジョン調査の最後を思い出す。この少年を見つけた時、ゴーレムの器になると気づき、私はすぐ殿下にお願いした。

◇◇◇

「この子を私にいただけませんか！」

「……フレア？」

キョトンとした表情をする殿下。

思わず口にした言葉は引っ込められない。口を塞いでも、すでに声となって殿下の耳に聞こえている。

「す、すみません。つい……」

「いや別に構わないよ。もとより魔導具関連の物品は、一度宮廷に持ち帰って調査する予定だったからね。君にもその権利がある」

「そうだぜ～。つーかボスを楽に倒せたのもフレアの機転のおかげだしな。報酬として受け取ってもいいと思うんだよな」

「報酬か。それもありだな」

殿下を含むみんなが、私の我儘を肯定してくれた。

私はそれが嬉しくて、胸の奥がほっこりする。

「ありがとうございます」

◇◇◇

「そのコアは完成しているのか？」

「いえ、まだ未完成です」

「どのくらいかかる？」

「そうですね……最短でも一月はかかります」

　工程を重ねるごとに定着の時間が増える。毎日かかさず取り掛かったとしても、徐々に何もできない時間が増える。

「一月か。じゃあ気長に待つとしよう。俺も完成を見てみたい。君がやりたいと思った物の、その結果を見届けたい」

「私も、殿下に一番に見てほしいと思っていました」

「光栄だな。だったら、その時になったら真っ先に声をかけてくれ」

「はい！」

　殿下も期待してくれている。いっそうやる気に満ちて、私はゴーレムのコアを仕上げる作業に没頭した。

　最初のうちは一日二工程までやれたけど、三十五工程を過ぎたあたりで限界が来て、一日一工程で終わるようになった。

その後も付与の難易度は上がっていく。一回一回の時間は短いけど、集中力は何倍も必要になっていく。

私は少しでも効率よく作業ができるように、普段から命令の魔法化とその付与の練習をした。

大変な作業だし、一度でも失敗すれば終わりという状況に、ストレスで胃が痛くなることもあった。だけど、それ以上に楽しかった。

何かに全力で取り組める喜びは、私にとって何にも代えがたい財産だった。そして一月が経過した。

「これで最後の工程が終わりました」

殿下の目の前で、コアの付与を終わらせた。

全五十七工程。自律型ゴーレムとして十分と言える命令数を書き込み、魔力の永久循環も問題なく機能している。

おそらくあと一工程でも増やせばコアが負荷に耐え切れず爆発していただろう。

見極めが特に大事だったけど上手くいった。ホッと胸を撫でおろす私に、殿下が激励の言葉をくれる。

「よくやり遂げたな。リドリア室長が言っていたぞ？　これほどのコアを作れるのは、世界でも君一人だけだろうとね」

「そんな、私なんてまだまだです」

「こういう時は謙遜せず素直に喜べばいい。君は誰にもできなかったことをやり遂げたんだ」

「殿下……」

誰にもできなかったことを……私が。そう言われて、完成したコアをぎゅっと握る。

私の手の熱が加わってほんのり温かい。

「仕上げをします」

「ああ」

私たちは眠っている少年へと歩み寄る。服をたくし上げ、ぽっかりとあいた右胸を確認する。

ここにはめ込めば、コアが肉体と接続されるはずだ。

肉体とコアがしっかり結びつけば起動する。もし失敗すれば、このコアでは不十分だったということになる。今の私にはこれが限界だ。

どうか動いてほしい。目を開けて——

「お願いします」

私は祈るようにコアをはめ込んだ。

光が放たれる。生成された魔力が高速で空っぽの器を駆け巡る。血の通っていない人間味のなかった肉体が、ほんのり赤みを帯びる。ゴーレムが起動する。いいや、人が蘇《よみがえ》るように。

少年は瞼《まぶた》を開ける。

「……」

「目を開けたぞ！」

「はい！」

成功だ。コアと肉体は接続された。

これで自律型ゴーレムが完成——

「パパ……ママ？」

「「……え？」」

少年が初めて発した一言に、私たちは言葉を失った。

「パパ、ママ、おはようございます」

「「……」」

目を覚ました少年は、私たちを見てパパ、ママと言った。

私たちは隣で顔を見合わせる。どう反応していいのかわからず、しばらく無言。すると少年は不安そうな顔をして。

「パパ……？　ママ？」

「あ、ああ、おはよう」

「おはよう」

泣き出しそうだったので、私と殿下は咄嗟に返事をしてしまった。この時に違うよ、と否定するべきだったのだろうか。

少年は私たちを両親と勘違いしている？

もしかして、自分がゴーレムであることを自覚していないのかな？

自律型のゴーレムは、どの段階で自身のことを理解するのだろう。悩んでいる私の隣で、殿下

が少年に尋ねる。

「君の名前を教えてもらってもいいかな？」

「はい！　ボクはネロです！　パパ」

「ネロか。いい名前だね。どうして俺たちをパパとママって呼ぶんだ？」

名前を尋ねた流れで、殿下は私が聞きたかったことを質問してくれた。私は考えるのを中断して、ネロと名乗った少年の答えに耳を傾ける。

「お二人がボクを目覚めさせてくれたんですよね？」

「そうだな。俺は見届けていただけだけど、君が目覚めたのは彼女のおかげだよ」

そう言って殿下は視線を私に向ける。

少年とも目が合う。透き通るようなマリンブルーの瞳は、見ているだけで吸い込まれそうで。なんだか不思議な気分にさせられる。私の心の奥底まで覗かれているような。ネロ君はニコリと微笑む。

「人間の子供は生みの親をそう呼びます。だからボクもそうします」

人間の子供は……今の発言でわかった。この少年は、自分が人間ではないことを理解している。理解した上で私たちと会話している。ただ一点、訂正しておこう。

「私は君のコアを作っただけだから、生みの親っていうのはちょっと違うかもしれないね」

「え……ママ、じゃないんですか？」

突然ネロ君は瞳を潤ませる。親を見失って泣き始める子供のように。私は慌てて両手をぶんぶんと振って否定する。

「ち、違わない！　私が生みの親で間違いないよ」

「よかった。じゃあママはママなんですね」

「そ、そうだね。私はママ……だよ」

私は心の中で溜息をこぼす。こういう時、しっかり否定できない自分が憎い。

私の肩をポンと殿下が叩く。

「今はこれでいい。それより、彼にいろいろ質問したらどうだ？」

「殿下……そうですね」

せっかく目覚めたんだ。私も知りたいことがたくさんある。私は一度深呼吸をして、ネロ君に尋ねる。

「ネロ、君はずっと眠っていたんだよね？」

「はい！」

「いつから眠っていたか覚えている？」

「今から千四百年ほど前です」

千四百年……なんとなく連想していた数字の五倍は多い。それだけ前だと、この国だって誕生していない。

「ダンジョンで眠っていたのは覚えてる？」

「直接は覚えてないです。でも、きっとマスターがボクを眠らせてくれました」

「マスター？　もしかして、君を作った人？」

「そうです。ボクの身体はマスターが作ってくれました」

ネロ君は明るい表情と口調で話す。

千年以上昔に彼を作り出したマスターさんに、私は興味がある。

どうやって彼を作ったのか。なぜコアだけがなかったのか。ダンジョンに保管されていた理由も……。

その後もネロ君に質問したけど、あまり情報は得られなかった。どうやら眠る前の記憶が曖昧になっているらしい。

長年眠っていた影響で、記憶領域が劣化しているのかもしれない。人間だって歳をとれば記憶力が落ちていく。

自律型ゴーレムは、そういう部分も人間らしくなっているのか。ますます興味深い。

「パパ！　ママ！　ボクお腹すきました」

「え……空腹になるのか？」

「はい！　ボクの身体は人間と変わらないので食事もとれます」

「そう……なのか？」

殿下は答えを求めるように私へ視線を向けた。

実のところ私も彼の身体については把握しきれていない。

外観的な特徴と、ちょっとした検査だけはした。けれど正確な内部構造はわからない。テキトーに手を出したら壊してしまいそうだったから、下手に触れなかったんだ。

「食べたものはどうなるの？　人間みたいに排泄されるの？」

「いえ、すべて消化されます。消化されたエネルギーは魔力として貯蓄されます」

「そんな機能があるんだね」

未知の技術過ぎて驚きが止まらない。人間らしいのは外観だけじゃなくて、中身まで近づいている。

どういう技術をしているのか。千年前の世界に行けるなら今すぐ行って確かめたい。

興味と疑問で頭がいっぱいになった私は、しばらく考え込んでいた。

そんな私の服の裾をネロ君が引っ張る。

「ママ、何か食べたいです」

この小動物みたいな……物欲しそうな眼。

誰かの親になったことのない私でも、母性本能が擽《くすぐ》られる。

「で、殿下……」

私は視線で殿下に訴えかける。それを察してくれたのか、殿下は微笑み言う。

「そうだな。食事の用意をしよう」

「わーい！」

無邪気に喜ぶ姿は本物の少年のようで。私と殿下はほっこりさせられる。

子供を持つ親の気持ちを今から体感しているみたいだ。

「パパ！　ママ！　二人のお名前を教えてください！」

「私はフレア。ここで働く魔導具師だよ」

「俺はユリウス。この国の王子だ」

こうして自律型ゴーレムネロ君との新しい生活が始まった。

この出会いが、運命が、後に大きな波乱を呼ぶことを私たちは知らない。

◇◇◇

「聞いたか？」

「あの噂か？　あんなのただの噂だろ？」

「でも不自然じゃないか？　いきなりだぜ」

「だからって安直すぎるだろ」

王城を守る騎士たちが会話する。彼らの間では、最近になって語られている一つの噂があった。

それは大きな声で話せば不敬であり、誰も堂々と尋ねることはない。

「殿下に隠し子がねぇ……」

「相手は宮廷から引っ張ってきた魔導具師だっていうじゃないか。実際ありえない話じゃないと思うぞ？　殿下が急に王城へ引き込んだ女性だ」

「確かにそういわれると……」

「それに見たんだよ俺。その子供と二人が一緒に歩いていて、パパ、ママって呼ばれてるの」

小さな声で囁《ささや》かれる噂。しかし興味深い内容のため、瞬く間に王城の外へも広がった。宮廷でも同様の噂が広まりつつある。

「でもそれにしては子供が大きいんだよ。たぶん十四歳前後じゃないかな」

「だったらありえないだろ。殿下の年齢的に考えても。相手の魔導具師だってまだ若いんだろ？」

「そうなんだよなぁ……」

現実問題、そんなことありえないという否定要素も強い。だからこそ噂は広まった。わからないから、いろいろな憶測を交えて。

「殿下はお優しいし、聞いたら答えてくれたり……しないかな？」

「その勇気があるならな」

「……やめておこう」

「ああ」

◇◇◇

「――と、いう感じで、俺たちに子供がいるって噂が広まってるみたいだ」

「そ、そうなんですね」

研究室で私は苦笑い。この年で子持ちだと囁かれていることに。その相手が、あろうことか殿下だと思われていることに。

「す、すみません殿下。私のせいで殿下にもご迷惑をおかけして」

「謝らないでくれ。むしろ俺のほうが謝るべきだ。こんなことになるなら、素直にネロの正体を公表するべきだったな」

「いえ、それについては私も同意見でした」

ネロ君の正体については公表しない。というのが、私たちの間で出した結論だった。

自律型ゴーレムというだけで注目を浴びる。しかし彼はそれ以上に人間らしかった。

容姿も立ち振る舞いも、思考までも。まるで生きた人間を作り出したかのような……素直に公表すれば、反響以上の混乱が起こる。そして多くの者たちが、ネロ君を手に入れようと動き出す。

闇市場の実態を知っている殿下だからこそ、そういう未来を鮮明に想像できたのだと思う。

私も殿下の意見に同意して、ネロ君の素性については隠したままにしてある。少なくとも今は公表しない。

「でもそれが仇《あだ》になったな。拾い子ってことにしたつもりだったんだが……」

「噂ですからね。面白く語られるのは仕方ありません」

「そうだな。落ち着くのを待つか」

「はい」

噂は所詮噂でしかない。いずれみんな飽きたら語らなくなる。それまでゆっくり待つことにした。幸いなことに……。

「ママ！　こっちに材料は置いておきますね」

「うん。ありがとう、ネロ君」

「これくらい平気です！　ボクは力持ちですから！」

当の本人はすごく元気だ。

彼が目覚めて二週間余り。特に不具合もなく日々を送っている。

今は私の部屋で一緒に寝泊まりして、昼間は私の仕事を手伝ってもらっている。

リドリアさんは私がゴーレムを作っていることを知っていたし、信頼しているから事情も説明した。それから親衛隊の人たちにも。少ないながら理解者に囲まれ、ネロ君は人間らしい日々を過ごしている。

そんなネロ君を私は殿下と一緒に見守る。殿下がぼそりと呟《つぶや》く。

「食事も睡眠もとって、走って笑って考えて……つくづくゴーレムとは思えないな」

「そうですね」

胸のコアさえ見なければ、誰も彼をゴーレムだなんて思わない。元気で明るい少年だと思うだけだ。

性格も素直だし、私たちの言うことをしっかり聞いてくれる。手際もいいから仕事の効率も上がった。何もかも順調で、怖いくらいに馴染んでいる。

ただ……いくつか疑問はあった。彼は私が作ったコアで動いている。ゴーレムの行動は、コアに付与された命令数によって変化するものだ。

私は自律型として機能するように、五十七の命令を入れてある。とはいっても、ここまで自由意思をもって行動することはできないはずだ。

彼はどうして、こんなにも人間らしく動けるのか。

千年以上前……彼を作ったマスターという人物は、なんのためにネロ君を作り上げたのか。いつか解明したいと思っている。

「そろそろ俺は戻るよ。まだ仕事が残っているからね」

「はい」

「パパ行っちゃうんですか？」

「ああ、これでも王子だからね。また夕方くらいに顔を出すよ」

殿下はネロ君の頭を撫でて研究室を出ていった。

いち段落ついて、殿下から聞いた噂を頭の中で連想する。

「殿下と私の子供……」

そんな噂が立っていたんだ。

だからなのかな？

最近なんだか、いつも誰かに見られているような気がするのは……正直あまり心地いい視線じゃない。でもそれが理由なら、しばらく待っていれば噂と一緒になくなるはずだ。

それなら我慢しよう。

「ママ！　次は何をすればいいですか！」

「そうだね。じゃあこっちの作業を手伝ってもらえるかな？」

「はい！」

今はこの子も一緒にいる。一人で研究室にいるよりずっと賑やかで楽しい。嫌な視線も、仕事をしているときは気にならない。

そう思っていたから、私は殿下に相談しなかった。

でも……この日からさらに視線を感じるようになっていった。

◇◇◇

視線。最初はあまり気にならなかった。でも次第に意識するようになって、少しずつ怖くなった。

朝も、昼も、夜もずっと。誰かに見られているような気がする。

廊下を歩いていても、ついつい他人の視線が気になってしまう。

あの噂のせいだろうと理解していても、時折突き刺さるような鋭い視線を感じて、ふいに振り返ってしまう。でも、ある日突然それはなくなった。

急に視線を感じなくなった。私が慣れたのかと思ったけど、急に感じなくなったのは不自然だ。

噂もまだ続いている。それでも、嫌な視線がなくなったのは嬉しかった。これでやっと安心して仕事ができる。と、思っていたのに……。

「……また」

感じる。廊下を歩いている私を、誰かがギロっと見ている。

「大丈夫ですか？　ママ」

「……うん」

ネロ君が心配そうに隣を歩く。彼も一緒にいるのだから、変な心配はさせたくない。

私は気にしないように努めた。殿下も最近また忙しそうにしている。相談したかったけど、余計な仕事を増やしたくないから我慢していた。

「体調が優れないならお休みしましょう。パパも心配します」

「ありがとう。でも大丈夫だよ。今日が終われば明日はお休みだし、しっかり眠れば元気になるから」

「ママ……じゃあボクが頑張ってお仕事を早く終わらせます！」

「ありがとう、ネロ君」

そう、眠れば大丈夫。以前も不安のまま眠り、朝起きたら視線はなくなっていた。

理由はわからないけど、私はそれに期待する。仕事が終わり、夜に眠る。そして目覚める。

「……なくなってる？」

本当に視線がなくなっていた。昨日は朝からずっと感じていたのに、それがすっかりなくなっている。

この間と一緒だ。でも、安心はできなかった。

数日後――

「……またなの？」

感じる。鋭い視線……それもいろんな方向から。

視線の数が増えた？

それとも私が神経質になっているだけ？

もうわからない。こんな経験初めてで、どう対処すればいいのか……。

「ねぇネロ君、最近……誰かに見られてる感じがしない？」

「視線ですか？　すみません、ボクの身体では視線を感じることができないんです」

「……そう」

「ママは感じるんですか？」

私はこくりと頷く。研究室で仕事をしているとき、ふいに言葉が漏れてしまった。

ネロ君には心配をかけまいと、口にしないよう意識していたのに。

「きっとママが有名人だからですよ！　リドリアさんも言っていたじゃないですか！　ママはとってもすごい人だって。だから注目されているだけです！」

「……そう、かな」

「はい！　きっとそのうちなくなりますよ」

「そうね」

話してしまったことは後悔したけど、彼に元気づけられたことは嬉しかった。

おかげで少し、気持ちが楽になったよ。そうだ。噂のせいで注目されているだけで、今だけだ。

鋭い視線も感じるだけで、何かされたりすることもない。

ここは王城だよ？

殿下もいるし、今はネロ君も一緒にいる。不安に感じる必要なんてない。そう自分に言い聞かせて、その日も私は仕事に打ち込んだ。


夜。眠る前が一番落ち着かない。静かなせいで余計に視線が気になる。眠っている間に何かされるかもしれないと、不安に感じることもある。

「大丈夫ですよママ！　ボクが一緒にいます。ママのことはボクが守りますから」

「ネロ君……」

情けないな。一緒の部屋で寝ているネロ君にも気を遣わせて。もう、うじうじ悩んでいないで早く寝よう。

それから、一度殿下に相談しよう。忙しい殿下に相談するのは申し訳ないけど、今のままが続くのも困る。

ネロ君に慰められても、気になって仕方がない。

このままじゃ仕事に集中できない。

「明日……」

起きたら殿下の元へ。そう思って眠りにつく。

チクタク、チクタク……。

すぐに目が覚めてしまった。時計の針は一時間しか進んでいない。

「……あれ？」

起きてすぐに気が付いた。一緒に眠っていたはずのネロ君の姿がない。

「ネロ君？」

部屋を見渡す。

どこにも姿はない。よく見ると窓が開いていた。寝る前にしっかり戸締りしたはずだ。

「まさかここから？」

一人で出ていったの？

私の言うことを守って、一人で出歩かないようにしていた彼が？

急に不安がこみ上げる。一人になって、身体が震える。気づけば私は部屋を出て、ネロ君を探しに外へと向かっていた。

窓の外は庭に続いている。ただし二階だから、生身の人間が降りるのは少し怖い。深夜の王城は薄暗く、廊下を走っても誰ともすれ違わない。

私は中庭にたどり着く。

「――まったく、困った奴らだな」

ネロ君の声。やっぱり中庭にいたんだ。木々の陰から覗き込む。

その光景を――

「え……？」

目を疑った。そこに立っていたのは紛れもなくネロ君だ。でも、普段と様子が違う。

何より驚いたのは、彼の前に倒れている男性だった。

「ぐっ……くそ」

「一体いつになったら諦めてくれるんだ？　何度撃退しても戻ってくる。その根性はどこから湧いてでる？」

「お前は……何者だ」

「それをお前に語るつもりはない。いいからさっさと……出ていけ」

ネロ君が男の額に触れると、男は一瞬にして消えた。今のは間違いなく転移の魔法。男をどこかに移動させた。

「どうしてネロ君が……」

魔法を使えるの？

そんな命令は付与していない。そもそもゴーレムが魔法を使うなんて聞いたことがない。

ネロ君は小さく溜息をこぼす。彼の横顔には、少年のあどけなさがなくなっていた。

「……ん？　なんだ、もう一人いたか」

気づかれた？

「追い返すだけでは不足か？　あまりしつこいと、今度はその命を――!?」

「ネロ君……？」

「お前は……」

ネロ君がこちらを向き、視線が合った。やっぱり彼はネロ君だ。でも、違う。ネロ君だけど、私が知っている彼じゃない。

「……あなたは、誰なの？」

私は彼を訝《いぶか》しむ。腰に手を当て大きく溜息をこぼす彼は、私と視線を合わせて呟く。

「そうか。見てしまったのか」

「……」

「そう怯《おび》えるな。ボクはお前の敵じゃない」

「あなたは……」

誰なの？

二度目の問いかけは心の中に留めた。

彼の口が動く。その動きに、発せられる声に集中する。ずっと疑問に感じていた。その答えが今、明かされようとしている。

「ボクはネロだ。その名に偽りはない。偽ったことがあるとすれば、マスターの存在だ」

「マスター……あなたを作ったっていう……」

「ボクにマスターなどいない。ボクを作ったのはボクだ」

「え……？」

理解できずに首を傾げる。彼はニヤっと笑みを浮かべて続ける。

「正確には、生前のボクだ。この肉体は、ボクの細胞を元に作られた人造人体なのさ」

「人造……人間の身体を、人の手で生み出したということ？」

「その通りだ。理解が早いな」

「そ、そんなこと……」

できるの？

人が子を産むように、人の手で人間の肉体を生み出すなんて。少なくとも私は考えたこともない。

「普通は無理だが、元となる肉体があれば別だ。ボクはボクの肉体を元にして、この身体を製造した。人間という枠を超え、はるか未来の世界を見るために。そして叶った。お前のおかげで」

「私の……？」

ネロ君は服をたくし上げ、胸元のコアを見せつける。その輝きこそ、彼をゴーレムだと証明するもの。

「肉体を生み出すことには成功したボクだが、どうしてもコアだけは作れなかった。ボクには魔導具師の才能が希薄だった。ただのゴーレム程度なら作れたけどね。知り合いにも人間に近いゴーレムのコアなど、絵空事だと笑われてしまったよ。だがボクは信じた。必ず成し遂げる者が現れると、そのために……」

「ダンジョンで眠っていた？」

「そうだ。待っていたんだよ、ボクは。お前のような真の天才が、ボクを深い眠りから目覚めさせてくれる未来を！」

　ネロ君は歓喜する。静かな王城の庭に、彼の声が響く。

「改めて自己紹介をしよう。ボクの名はネロ・クラウディウス！　かつて大魔法使いと呼ばれた男だ」

「ネロ……クラウディウス……」

　私はその名前を知っていた。かつてこの国の原型となった世界最大の大国ローマニア。

　その五代目国王の名が、ネロ・クラウディウス。

　彼は当代最高の魔法使いであり、あらゆる魔法を極めし賢者と称されていた。

「王様の名前……」

「ん、そうか。ボクの名はちゃんと後世にも残ったか。いいことだ」

「ほ、本当にあなたは……」

「信じられないか？　まぁそれでもいい。子供の妄言と思っても構わん。が、お前ならわかるだろう？　ボクがこうして動いていることが何よりの証拠だと」

　彼は自分の胸に手を当てて堂々とそう宣言した。そう、わかる。だっておかしいから。

　私が作ったコアだけじゃ、彼がここまで自由に行動できるはずがない。ずっと思っていたよ。まるで、誰かの魂が肉体に宿っていたかのようだと。

「……どうして、わざわざこんなことをしたんですか？」

「言っただろう？　未来の世界を見るためだ」

「そのためだけに、自分の命を……ゴーレムに変えたんですか？」

　だとしたら、まともな精神じゃない。ぞっとする。

「ふっ、どうせ放っておいても長くは生きられなかったからな」

「え？」

「呪いだ。それも強力な……発動者が死ぬことで完全となる呪い。一度受ければ解呪はできん。このボクでも……だ」

　ここでも呪いという単語を聞くなんて。彼も呪われていたのか。そして、死期を悟って自らの肉体をゴーレムに変えた。

　生きるために？

　だとしたら、正気じゃないと思ったことを反省しないと。

「えっと、さっきの人たちは？」

「お前のことを遠目から覗いていた不埒《ふらち》な男だ。お前が感じていた視線はあいつらのせいだったんだよ」

「やっぱり気のせいじゃなかったんだ……」

「大方どこぞの国の間者だろう。王子の弱みでも握ろうとしたか。お前も災難だったな。いや、惚《ほ》れてしまっているのでは仕方がないか」

　私はビクッと身体を震わせる。

「え、え？」

「なんだ？　あの王子に惚れているのだろう？」

「な、なんで……」

「見ていればわかる。伊達《だて》に長生きをしていない。人生経験はお前たちより何倍も上だぞ」

見透かされていた。この少年……じゃなくて、古を生きた魔法使いに。私は急に恥ずかしくなって顔が熱くなる。

彼の正体とか、目的とか、いろいろどうでもよくなるくらいに。

「安心しろ。ボクの口から言うことはない」

「……は、はい」

「今のボクはお前のおかげで蘇った。ゆえにお前を守護する者となろう。お前が死ぬか、ボクが不要になるまではな。その代わりボクの正体は秘密にしておいてくれ。あ、いや、信頼できる者には共有してもいいぞ。例えば、あの王子とかな」

「そ……そのつもりです」

こんなの一人で抱え込める秘密じゃない。いろんな意味でドキドキしながら夜が過ぎていく。

◇◇◇

翌日。

「……と、いうわけで……」

「改めてよろしくな。現代の王子」

「……嘘だろ？　この子供の中身が、大昔の大魔法使いで、元国王？」

「らしいです」

研究室でネロ君と共に、彼の秘密を殿下に伝えた。案の定、殿下は酷く驚いていた。椅子に座り、膝に手を置いて前のめりになりながら、目と耳を疑うように。

「……はぁ、信じられないけど、フレアがそう言うなら信じよう」

「ほう、この女の言葉は信じるか」

「信頼しているからな」

「なるほど。いい関係だな……少々物足りないが」

「どういう意味だ？」

「こちらの話だ」

二人は淡々と会話を進める。あっという間に状況を呑み込んで受け入れた殿下を、私はひそかに凄いと尊敬した。

私なんてまだ驚きが抜けないのに。

「なんでパパとかママなんて呼んだんだ？」

「あれはノリだ。無垢な少年を演じたほうが、お前たちが接しやすいだろうと思ったんだが……逆効果だったようだな」

「おかげでこっちは変な噂が立ってるよ。俺はともかく、フレアに迷惑はかけないでくれ」

「わかっている。だからボク自らが動いて対処した」

「昨夜の件か」

私を監視していた者がいたことを殿下には伝えてある。

殿下曰く、他国の間者で間違いなさそうだと。最近に限った話ではなく、内部に他国のスパイがいることはわかっていたそうだ。

「陰であぶり出しをしていたんだが……どこの国の奴らだったんだ？」

「さぁな。聞いても答えなかった。面倒だから街の外に転移させたが、手ぬるかったらしい。幾度も再接近してくる。まったくしつこい連中だ。お前の弱みがよほど欲しいのか？　大人気ではないか」

「からかわないでくれ。敵が多いことを嬉しいなんて思えない。むしろ、この件でフレアに迷惑をかけて本当に申し訳ないと思っている」

「殿下のせいじゃありません。私は平気ですから」

「……いや、本当にすまない」

何度も謝る殿下を見て、私のほうこそ申し訳なく思ってしまう。

私のことで頭を悩ませるなんて。

「……よくないのかもしれないな。こうして君と会うのも」

「え……」

「俺と距離が近いせいで、面倒なことに巻き込んでしまっている。君の安全のためにも、これからは適度な距離感で接するべき……なのかな」

「……」

そんな気にしなくていいのに。と、口にしようとした言葉をぐっと呑み込む。

殿下の表情を見ればわかる。心から私を心配して、悩みながら提案してくれていることが。

それが私には嬉しくて、とても悲しかった。隣で小さな溜息が聞こえる。

「では、この女はボクが貰っても構わないな？」

「ネロ君？」

「どういう意味だ？」

「この女には利用価値がある。これほど優れた才能をもつ魔導具師は、ボクが生きた時代にもいなかった。この女がいれば、ボクの目的も達成できる」

突然何を？

ネロ君の目的は呪いから解放されて生きることじゃないの？

昨日はそう話していた。はずだった。

「目的？」

「そうだ。ボクの目的は、この世界をボクの物にすることだからな」

「な……正気か？　そんなこと――」

「できるさ。ボクならね」

一瞬で空気が冷たくなる。殿下がネロ君を鋭い視線で睨んでいる。こんな表情、見たことがない。

「ボクは大魔法使いだ。死なない肉体を手に入れた今ならなんでもできる。手始めに、この国を乗っ取ろうか」

「ネ、ネロ君？」

どういうつもり？

そう言いかけて、止まる。ネロ君の視線からは、私に対する悪意も敵意も感じない。ただそういう表情と態度を作っているだけだ。

一瞬で理解した。これは本心じゃなくて、演技だと。

「そのために彼女を利用する気か！」

「そう言っている」

殿下は気づいていない。怒りに満ちた表情でネロ君と向かい合う。

すでに立ち上がり、剣を抜く姿勢をとっていた。ネロ君の隣にいる私に視線をチラッと向け、どうやって私たちの距離を離そうか考えているのだろう。

殿下とネロ君は机を一つ挟んでいる。私の手を引こうとしても、その隙にネロ君が動けば間に合わない。だから殿下は鯉口《こいぐち》を切る。

「なら、俺がお前を斬る。彼女に手は出させない」

「ほう、お前がボクを？　思いあがるな」

「――‼」

空気が重い、重すぎる。まるで全身を巨大な手に押さえつけられているように。

動かない。私も、殿下も動けない。

「なんだ……身体が……魔法か？」

「いいや、ただの魔力だ。お前たちが動けないのは、ボクの魔力の圧に怯えているからにすぎん」

「そんなことが……」

「力の差が大きすぎればこうなる。本能が理解しているんだよ。お前じゃ、ボクには勝てないと。挑めば殺されると」

恐怖で足がすくむことがある。今、それが全身で起こっていた。

「ぐ……」

「あきらめろ。ボクを起こしてくれた礼だ。お前は殺さないでおいてやる」

「……誰が、諦めるか」

「ほう、抜くか」

殿下は剣を抜いた。死を覚悟して。

「なぜそこまでする？」

「彼女を……守るために」

「なぜだ？　この女は他人だろう？　お前は赤の他人に命をかけられるのか？」

「……ただの、他人じゃないぞ」

震えながら殿下は剣を強く握る。恐怖を押しのけ、想いを高ぶらせて、笑みを浮かべながら。

「彼女は俺の命の恩人で……大切な人で、幸せになるべき人間だ」

「それでも他人だ」

「今はそうかもしれないけどな！　いずれ……他人じゃなくなる。なくしてみせる！」

それは紛れもない殿下の想い。彼の、私に対する感情の発露だった。

「俺は彼女を守る。彼女が……好きだからな」

「殿下……」

殿下が私のことを……。

「ふ、はっはっはっはっ！　ようやく口にしたか」

「は……？」

重たい魔力の圧が消える。拍子抜けしたように、殿下も剣を下ろす。

「冗談だ。そんな大それた目的などない。ボクはただ、未来の世界を生きたかっただけだ」

「だ、だったらさっきのは……？」

「からかっているだけだ。お前がいつまでも格好つけて、この娘を悲しませていたからな。断っておくが、お前が勝手に本音を漏らしただけだ。ボクからは伝えていないぞ」

ボクから言うことはない。

その約束は、確かに破っていないけど……。

「ネロ君……」

「一つ、礼だ」

わざと、殿下の気持ちを私に聞かせるために。

「してやられたな」

「ふっ、一つ教えておいてやろう。想いは抱いているだけでは伝わらない。伝えずにいれば、いずれ必ず後悔するぞ？　年長者としての助言だ」

「……その姿で言われると、なんだか屈辱だよ」

「恥など捨ててしまえ、惚れた女の前では特に、な」

殿下は一言、そうだなといい笑った。そして、私と顔を合わせる。

「今のが俺の本心だ。俺は、君が好きだ」

「殿下……私も――」

「その先は言わなくていい」

「え？」

答えを止められた私に、殿下は微笑み語る。

「今はまだ、いろいろなしがらみがあって叶わない。でも近い将来、必ず改めて告げる。その時にこそ、君の答えを聞かせてほしい」

「殿下……」

「格好つけだな」

「惚れた女の前だからな。それに、俺はこれでも王子だ。未来を考えて、今できる最善を尽くす。待たせることになるが」

「――それでもいいです」

私はもう、十分に幸せだ。

「ありがとう。待っていてくれ」

「はい。待っています。いつまでも」

殿下と共に歩む未来を夢想する。輝かしく、幸せな光景を。いずれ手に入る最高の時間を。

今から待ち遠しい。

幕間 平穏な世界

想いは言葉にしてこそ伝わる。過去から現代に蘇った偉大な魔法使いの助言が、私たちの心を繋げてくれた。言われなければ、自分の気持ちにも気づけなかった。

言葉にしなければ、すれ違ったまま離ればなれになっていたかもしれない。そうならなかったのは全部、彼のおかげだ。

「ありがとうございました。ネロさん」

「今さら畏《かしこ》まるな。堅苦しいのは苦手なんだ」

「えっと、じゃあ、ネロ君のままでいいの……かな？」

彼はこくりと頷く。

私の寝室で窓の外を見つめながら、呆れたような笑顔を見せる。

「それで構わない。周囲の者からすれば、お前が俺に畏まっていることのほうが不自然だ」

「それもそうですね」

周りから見たら、私のほうが年上でネロ君は子供だ。実際の中身は、長い長い眠りから目覚めた魔法使いなのだけど。みんなはそのことを知らない。

「ネロ君のことは、他のみんなには内緒のままでいいの？」

私が尋ねると、ネロ君は振り向き答える。

「そうしてもらえると助かる。ボクも悪目立ちはしたくない」

「わかった。ネロ君がそう言うなら」

彼が望まないことは私もしたくない。この話を知っているのは、私たちを除けば親衛隊の皆さんだけだ。あとでリドリアさんにも話そうと思っている。

信頼できる人たちには伝えていいとネロ君には言われている。私が話した面々なら、彼の存在を無暗に広めたりしないはずだ。

少なくとも、王城内で広まっているような噂にはならないだろう。

「あの噂……なんとかならないのかなぁ」

「ボクがお前たちの子供だという話か？　面白い話ではあると思うが、お前は不服なのか？」

「だ、だってまだ私、子供がいるような年齢じゃないし」

「母になるのに年齢はそこまで重要ではないぞ。それとも、あの男との子供はいらないのか？」

「そ、それはおいおい……考えます」

恥ずかしさに尻つぼみになる声量。この場に殿下が残っていたら、いったいどんな表情をしただろうか。

私みたいに顔を赤くして照れたりするのかな？

そういう殿下も見てみたい。

「まぁ心配はいらない。その点に関してはすぐ解決する」

「え、どういうこと？」

「ボクの考えをあいつには伝えてある。早ければ明日にでも手は打つだろう。ボクが協力するんだ。失敗することはありえない」

「そうなんだ？」

よくわからないけど、ネロ君と殿下で対策を練ってくれているみたいだ。

私にできることは思い浮かばないし、一先ず二人に任せておこう。

さて、今日も今日とてお仕事の時間だ。

「宮廷に行こう」

「了解した」

私とネロ君は宮廷に向かう。地下にある魔導機関の管理をするために。この仕事だけは、お休みの日以外は毎日欠かさず続けなければいけない。

王国の人々の生活を支える重要な役割だ。明日は休みだから、今日は特に念入りにチェックしないと。

「しかしすごいな。魔導の技術はここまで進歩したのか」

ネロ君が顎《あご》に手をあてニコニコしながら魔導機関を眺めていた。

ふと疑問が浮かぶ。彼が生きていた時代にはどんな魔導具があったのか、と。

「ネロ君がいた時代にはなかったの？」

「大規模な魔導装置は存在した。が、これほど小さくまとめられてはいなかったぞ」

「昔はもっと大きかったんだ」

「これと同じ効果を持続するなら……そうだな。今の七倍の大きさにはなっていただろう」

七倍……想像すると、一台だけでこの部屋に収まりきらない大きさだ。

魔導具技術も年々進化している。一番わかりやすい変化は魔導具の大きさだ。同じ効果でもより小さく、手軽な大きさへと進化した。

余分なパーツは削除され、刻まれる魔法も簡略化されていった。

「何より驚きなのは、魔導具を生活の一部に昇華していることだ」

「昔は違ったの？」

「違った。魔導具も魔法も、戦うための手段に過ぎなかった。魔法使いも含めて、戦争の道具だよ」

「戦争……」

ネロ君が生きていた時代は、今より過酷だったのだろう。

今、この国はとても平和だ。小さな歪み、いざこざはあるみたいだけど……。戦争で多くの命を散らすようなことは起きていない。

それだけで十分、この国は平和だと言える。

「もし、お前がボクと同じ時代に生まれていたら、まず間違いなく国同士で奪い合いが始まっただろうな。優れた魔導具師の存在は、一国の武力を大きく左右する」

「そ、想像したくないなぁ……休ませてもらえなさそうだね」

「無論、どこにいようと休みはない。死ぬまで働かされる」

私がごくりと息を呑む。そうなったら、宮廷で働いていた頃より過酷な日々を過ごすことになりそうだ。

つくづく……。

「この時代に生まれてよかったな」

「うん。それに……」

殿下と巡り合えたことは何よりの幸運だった。

ネロ君の話を聞いて、私は改めて奇跡的な出会いに感謝した。

「だが、平和だからといって安心はしないほうがいい。いつの世も、争いが完全に消えることはない。お前の力の有用さに気づけば、争ってでも手に入れようとする者が現れる」

「そ、そうかな？」

私にそこまでの価値があるとは、正直自分じゃ思えないけど。

「お前のことを嗅ぎまわっていた奴らにしてもそうだ。せめてボクの目の届く範囲にいろ。でなければ守れない」

「ありがとう、ネロ君。でもネロ君も無理しないでね？」

「ふっ、ボクの身体はゴーレムだ。疲れなんて感じないぞ」

「それでも、私のせいで傷つくのは嫌だから」

たとえ作られた身体だとしても。その身体に宿っているのは、彼という本物の魂なのだから。

「……ボクを人として扱うか。面白い奴だな。ボクが本当に人間なら、このまま攫ってしまいたいと思うところだが」

「それは、困るよ」

「無理だろうな。あの男が黙っていない」

「そうだと嬉しいなぁ」

◇◇◇

休日の朝。普段よりほんの少しゆっくり目覚める。

大きく背伸びをする。

「ううーん……」

昨日まで一緒の部屋で眠っていたネロ君も、今日からは別々の部屋に移動した。無垢な子供ならともかく、中身が私よりずっと年上な男性とわかったら、さすがに一緒の部屋で眠るのはよくない……と、殿下が気を利かせてくれた。

ネロ君のほうは。

安心しろ。他人の女に手を出す趣味はない。元より、今のボクはゴーレムの身体だからな。

その言葉に嘘は感じなかったけど、殿下は俺が嫌だからと部屋をわけた。殿下に特別扱いしてもらっている気がして、なんだか優越感だ。というわけで、私は数日ぶりの一人を体感している。

私一人だけの部屋は静かで、少し寂しい気持ちになる。

服を着替え、顔を洗う。シャキッと目覚めた私は部屋を出る。

扉を開けると廊下には。

「起きたか」

「ネロ君？」

彼が私のことを待っていた。ネロ君の部屋は私の隣、厳密には研究室の隣にある。

「早いね。もう起きてたの？」

「この身体に本来睡眠は必要ない。ただの習慣でとっているだけだ。それに今日はやっておくことがあったからな」

「やっておくこと？」

「詳しい話は三人でしよう。食堂に行くのだろう？」

そのつもりだったので、私はこくりと頷く。殿下も交えてというと、昨日話していた噂への対策のことだろうか。

私はネロ君と一緒に食堂へ向かう。扉を開けると、すでに殿下が席についていた。

「おはよう、フレア」

「おはようございます。殿下」

彼のさわやかな笑顔が見られて、とても清々しい気分になる。

「ネロもおはよう。もう済んだのか？」

「手筈通り手は打った。問題なく発動している」

「さすが大魔法使いだな」

「この程度ならボクでなくても容易だ。その話はお前から説明してやれ」

殿下はそのつもりだと答える。私たちは席につき、食事をしながら話をする。

「昨日、正式にネロを君の助手にした」

「そうだったんですか？」

「ああ。曖昧な立ち位置が変な噂を生んだのもあるからな。最初からこうしていれば、余計な問題は増えなかった。君には本当に迷惑をかけたな」

「そんな！　私より殿下にご迷惑を」

一国の王子に隠し子。下手をすれば国民の信頼を損なう大問題だ。私はあくまで一個人、宮廷魔導具師という立場はさほど強くない。

それに、噂の内容自体は……そこまで嫌じゃなかった。

「だが、もう噂が広まる心配はない。すぐに消えるだろう」

「そう……なんですか？」

ネロ君を正式に助手にしただけで変わるのだろうか？

すでに広まった噂を否定するには、相応の変化が必要になる。燃え広まった炎を消すのは容易じゃない。

今さら立場を表明したところで……と、私の疑問を見抜くように、殿下は続けて説明する。

「ただ助手にするだけじゃ無理だが、そこは大魔法使いの力を借りたんだよ」

「ネロ君の？」

ネロ君のほうを見る。彼は頷く。

「ボクの魔法で、王城と宮廷にいる者たちに暗示をかけた。ボクは最初からお前の助手として迎え入れられた……というな」

「みんなの記憶を操作したの？」

「それほど大層なことはしていない。噂と変わらないものを広めただけだ。効果自体はさほど強力ではないが、今回の例は上手く働く」

ネロ君は言う。人々も噂を信じていたわけではない。なぜなら私と殿下の間に隠し子がいたという噂は、まず間違いなく真実ではないからだ。

年齢が合わなさすぎる。ネロ君の外見年齢から逆算して、私や殿下が幼い頃に子供を産んだことになる。

人間の構造上ありえないことだ。つまり、噂は広まりつつも、人々の心にはありえないだろうという確信があった。

「ならばそれを後押しすればいいだけだ。これで噂は消える」

「ただし噂だけだ。君の周りを嗅ぎまわる動きまでは抑制できないから、そこは引き続きネロに頼んである。本来なら護衛を付けたいところだが……」

「下手な護衛はかえって邪魔になる。ボク一人いれば事足りる」

「というわけでネロに任せた。大丈夫だとは思うけど、不安があったらすぐ俺に言ってくれ」

「はい。ありがとうございます」

殿下もネロ君も、私の安全を気遣ってくれている。

守られることへの申し訳なさは感じるけど、それ以上に嬉しかった。

三人ともいつの間にか食事が終わる。せっかく殿下といられる時間も、あっという間に過ぎてしまう。

「ボクは先に部屋に戻っている」

唐突にネロ君が席を立ち、食堂から去ろうとする。彼はピタリと立ち止まり、背を向けたまま。

「そうだ。一ついいことを教えておこう。この部屋は今、ボクの結界に守られている。世界で一番安全な場所だ。外に音は漏れない。何を話していようと聞かれる心配はないぞ」

と言い残し、部屋を出て行く。

残された私たちは互いに顔を見合わせ、くすりと笑顔が漏れる。

「よく気づくよな、ネロは」

「優しいからですよ」

「かもしれないな。おかげで二人きりになれた」

「はい」

ネロ君が私たちに気を遣ってくれた。最近忙しくて、こうして二人きりでゆっくり語らう時間が取れなかったから、嬉しい。

「今日は休みなんだろ？」

「はい。お休みをいただいています」

「そうか。できれば一緒に過ごしたかったが……」

私は首を横に振る。

「こうしてお話しできるだけで、私はとても幸せです」

「フレア……」

私たちは見つめ合う。お互いの存在を、感情を確かめるように。

私が好きになったのは一国の王子様だ。

これは普通の恋じゃない。会えないことも多く、触れあえる時間は限られている。だからこそ、このわずかなひと時が特別で、心地いいんだ。

「今度、時間を合わせて休日を二人で過ごそう。その時までには君の不安を取り除く」

「殿下……それなら私も、早くお仕事を終わらせますね」

「無理するなよ」

「殿下も」

二人で過ごす時間をもっと引き延ばせるなら、私はちょっとくらい無理をしても構わないと思った。きっと殿下も……。

◇◇◇

「――というわけなんです」

「……え？」

この日、室長室で初めて私はリドリアさんにネロ君を紹介した。

以前から動いている姿は何度も見ているし、殿下とのありえない噂が広まっていることも知っている。

彼がゴーレムであることは以前説明したので当然知っていた。

そんな彼女も、私にとって信頼できる人物の一人。正直にネロ君が過去の大魔法使いだということを打ち明けたら……。

「ちょ、ちょっと待ってくださいね？　話が唐突すぎて混乱してます」

「そうですよね」

リドリアさんの反応は当然のものだった。いきなり大昔の大魔法使いがゴーレムになって復活しました。なんて説明して、そうなんだとあっさり納得するほうがおかしいだろう。

私だっていまだに信じがたい。だけど、彼のコアを作ったのは私だから理解できる。

ネロ君が普通ではないことを。

「正直信じられませんが……確かに、ゴーレムと呼ぶには自由すぎますね。いかにフレアさんが完成させたコアが優れていても、これほど人間らしく動くゴーレムなんて想像できません」

「ただのゴーレムではないからな。この身体は、ボクの本来の肉体をベースにしている。言い換えれば生きた死体だ」

「し、死体⁉　自らの身体をゴーレムに作り替えたんですか？　なんでそんなこと……」

「そうするしかなかったんだ。生き残るためにはな」

ネロ君の口から呪いを受けていたことが語られる。彼も、自ら望んでゴーレムになったわけじゃない。そうするしか方法がなかった。

未来を生きたいと願った彼は、最善の方法を選択したに過ぎない。もっともこんな方法、普通の人間には思いつくことさえできないとは思うけど。ネロ君の存在が、彼の魔法使いとしての規格外さの証明になっている。

「それで……これからどうするつもりなんですか？　ネロさん」

「さっき説明した通りだ。今のボクは彼女の助手だからな」

「大魔法使いが助手……すごい組み合わせですね」

「あははは……私もそう思います」

見た目は子供だけど、私なんかよりずっとすごい人が隣にいる。しかも私を支える助手として。改めて考えるとアンバランスな関係性だ。

「その、いいんですか？　ネロさんはそれで」

「構わない。ボクを目覚めさせてくれたのは紛れもなくフレアだ。彼女がいなければボクは今も眠っていた。もしかすると、永遠に目覚めなかったかもしれない」

彼は拳をぐっと握りしめ、見つめる。生きていることを実感するように。

「感謝している。心から」

「ネロ君……」

「この恩を返すまで、ボクはしばらくここにいる。感謝は言葉だけではなく、行動で示してこそ意味があるものだ」

「なんだか深い言葉ですね」

「ネロ君の言葉は妙に説得力があるんですよ」

「当然だ。お前たちとは生きてきた時間の密度が違う」

こうして彼と言葉を交わす度、彼が生きていた時代に興味が湧く。殺伐とした世界だったと彼は言っていたけど、きっとそれだけじゃなかったはずだ。

争いしか生まない世界なら、彼のように優しい人は生まれないと思うから。

「そういうわけだ。リドリアと言ったな？　お前も何かあれば遠慮なく言うといい。彼女の上司なら、ボクの上司も同じだ」

「せ、正確には上司じゃないんですけど……え、いいんですか？」

「ああ、大抵のことは聞いてやろう」

「じゃ、じゃあ一つ……」

リドリアさんがそわそわしている。ネロ君を見つめながら、何かを期待しているように。一体何をお願いするのか私も興味が湧いた。積極的なリドリアさんは珍しいから特に。

「できればでいいんですけど……その身体って、どこまで人間に近いんですか？」

「ん？　なんだ？　そんなことが知りたかったのか？」

「そうなんですよ！　ずっと気になっていたんです。見た目や動作は人間の少年そのもので、食事や睡眠までするんですよね？　どうなっているのか知りたくて知りたくて」

　興奮しているせいか普段より早口だ。こんなリドリアさん初めて見る。

「そうか。だったら存分に調べるといい」

「い、いいんですか？　じゃ、じゃあ服を脱いでもらっても」

「構わないぞ」

「え？」

　いきなり話が一気に進んだ気がする。ネロ君は一切の躊躇《ためら》いなく服を脱いで、数秒後にはあられもない姿になった。

「これでいいか？」

「おおー……本当に人間の少年そのままなんですね」

「外見だけではないぞ？　内部の構造も人間のそれと同じだ。空気を取り込み、血が通い、神経が通っている。無論、すべて疑似的なものではあるが」

「成長はするんですか？」

「肉体は変化しない。ただし、ボクが魔法で形を変えることはできる。やろうと思えば大人になることも、より子供になることもできる。性別は変えられないがな」

二人は向かい合いながら淡々と話をしている。

全裸の少年と、それをまじまじ眺める年上の女性……知らない人が見たら衛兵を呼ばれるんじゃないかな？

というより……。

「む？　どうした？」

「なんで目を塞いでいるんですか？　フレアさん」

「いや、だって……裸ですし、むしろなんでリドリアさんは平気なんですか！」

少年の見た目とはいっても男の子だ。異性の裸なんてまじまじ見る機会はない。私は恥ずかしくてまっすぐ見ていられない。

魔導具師として彼の身体に興味はあるけど……それ以上に恥ずかしい。

「私、弟がいて同じくらいの年齢なので。それにネロさんはゴーレムですから」

「そうだぞ。何を恥ずかしがることがある」

と言いながらネロ君は堂々としている。どこも隠そうとしていない。

「この程度で恥ずかしがるな。そんなことではあの王子と一夜を共にすることになった時、何もできないぞ？」

「なっ、ね、ネロ君！」

一瞬想像してしまって顔が真っ赤になる。楽しそうに笑うネロ君の横で、リドリアさんがキョトンとしていた。

そういえば、私と殿下のことは伝えてなかったような……。

この後説明したら、ネロ君のことを教えた時よりも盛大に驚いて、同じくらい喜んでくれた。

「……はぁ、疲れた」

ばたんと倒れこむようにベッドで横になる。一日の終わりにどっと疲れを感じたのは久しぶりかもしれない。リドリアさんがネロ君の身体に興味を持ってから、二時間近く裸のネロ君と語り合っていて。

その間ずっと困っていたのは私だけだった。目を閉じると思い出す。ネロ君に言われた言葉を。

「私もいつか……」

思い浮かべたのは殿下の顔。

愛しい人のこと。いけない想像をしかけた私は、思わず何もない頭の上で手をぶんぶんと振る。

私はどうやら男性への耐性がないらしい。

リドリアさんを見て実感した。これじゃそのうち殿下にも呆れられてしまうだろうか。

少し不安になりながらもう一度目を瞑《つむ》る。

◇◇◇

翌日の朝。私とネロ君は殿下に呼び出されて執務室に足を運んだ。中には親衛隊の皆さんがすでに待機していた。

ガルドさんが豪快に手を振ってくれる。

「おう久しぶり！　元気だな」

「はい。皆さんもお変わりありませんでしたか？」

「我々はいつも通りです。隣の方は、ダンジョンで発見したゴーレムの……」

「ネロ・クラウディウスだ。よろしく頼むぞ」

親衛隊の皆さんにもネロ君の事情は伝わっている。ただ直接対面するのは今回が初めてだった。

四人とも物珍しそうな表情で見ている。

「へぇ～　動いてみると尚ゴーレムに見えねーな」

「ただの美少年ですね」

「中身はおじさんなんすよね！　って痛い！」

「あんた言い方考えなさい」

相変わらず賑やかな人たちだ。

「お前たちもボクを目覚めさせるのに一役かってくれたそうだな。礼を言おう。お前たちのおかげでボクはここにいる」

「気にすんなよ。別にお前さんを見つけるためにダンジョンに入ったわけじゃねーからな。つかあのダンジョン作ったのお前なんだよな？」

「そうだ。あそこはボクの研究用の隠れ家だった」

「すげーな。あんなもんどうやって作ったんだよ」

「簡単だぞ。ダンジョンづくりなど」

さっそく仲良く話をしている。人当たりのいい彼らとネロ君は相性も悪くなかったみたいだ。

一先ずホッとする。すると遅れて殿下がやってくる。

「すまない遅くなった。なんだ？　もう打ち解けているのか」

「お、殿下待ってましたぜ」

「来たか」

「全員揃ってるな」

殿下は一人一人と視線を合わせ、最後にソファーへ腰を下ろす。

場所はもちろん、私の隣に。

「さて、今回集まってもらったのは他でもない。次の案件についてだ」

「やっとか。結構待たされて暇してたんだよ」

「だと思ったよ。今回は少々大がかりだ。というより、フレアの力が必要不可欠になりそうなんだ」

「私ですか？」

殿下は頷く。私ということは、魔導具が必要になる案件なのだろう。

そういう話ならぜひ頑張りたい。殿下にいいところを見せたいと心の中で意気込む。

「内容は？」

ネロ君が尋ねた。殿下が地図を広げて説明する。

「王都から南に下ったところにある街、アクリスタは現在、原因不明の水害に悩まされている」

「アクリスタって確かあれっすよね！　水の街って呼ばれてて、街中に水路とか噴水がいっぱいあるところ！」

「そうだ」

「水害ということは、洪水、もしくは干ばつですか？」

レストさんが尋ねる。

私も思い浮かんだのはその二つだったけど、どうやら違うらしい。

「アクリスタの水路の水は地下から湧き出ている。そのまま飲んでも平気なくらい綺麗な水で、街の人々の生活を支えていた。その水が汚染されているらしい」

「汚染？　なんでまた急に」

「わからない。だからガルド、それを俺たちで調べに行くんだ」

「なるほどな。もしかすると人為的かもしれねーな」

気合を入れるようにガルドさんは拳同士をトントンとぶつける。人為的……誰かの手によって汚染されたなんて考えたくない。けれど可能性はあるのだろう。

涼しい顔をして裏で闇と繋がっていた誰かを思い出す。

◇◇◇

早々に準備を済ませ、私たちは馬車に乗って王都を出発した。

目的の街アクリスタへは片道約四時間。それほど距離は離れていないけど、山を一つ越える必要がある。

　山を越えた先は気温がぐんと上がり、日差しが強くなる。

「やっぱこっち側は暑いっすね～」

「鎧《よろい》とか着てらんねーなぁ」

「だからっていきなり脱ぎだすとか止めてよね。そんなことしたら全身氷漬けにしてやるわよ」

「……暑いしありっすね」

「ありだな」

　ガルドさんとダンさんの反応に呆れるイリスさん。

　彼らのやり取りを見ながら微笑ましそうに殿下は笑う。しかし本当に暑い。

　山一つ挟んだ程度でこれほど変わるのかと驚かされる。涼しい風を出す魔導具を持ってくればよかった。

　材料はあるしここで作ってしまおうかな？

「魔力の無駄遣いはやめておけ」

「あ、バレた？」

「お前は表情に出やすい。わかりやすいからな」

ネロ君に止められたので作るのは止めにしよう。確かにこのくらいの暑さなら我慢できる。

何でも魔導具に頼っていて、もしも魔導具がなくなったらどうする？

「実際、魔導具がなくなったらどうなるのかな？　そんな世界想像できないよ」

「それほど現代の生活に溶け込んでいるということだ。だが文明は発展するばかりではない。些細なきっかけで崩壊することもある」

「怖いこと言わないでよ」

「可能性の話だ。当たり前になっているものほど、失った時が怖いものだからな」

ネロ君の言葉には異様な重みがある。そういう場面を体験してきたのかもしれない。

事実、私たちがこれから向かう街でも、同じようなことが起こっていた。


水の街アクリスタ。純白で統一された建物や道、街全体が白く幻想的な雰囲気を醸《かも》し出す。王国内でも人気の高い観光街となっていた。

中でも見どころは、街中どこでも見ることができる清らかな水の流れ。水路に流れる水はそのまま飲んでも美味しい。

街の人たちの生活を支える貴重な水源。それが今、謎の汚染に悩まされているという。

「思ったより普通っすね～」

私たちは街に入った。

汚染で困っていると聞いたから、もっと重たい空気が流れているのかと思っていたけど……。

街の人たちは普通に出歩いているし、生活に支障が出ている感じはしない。少なくとも、ぱっと見の印象では。

「目に見えるものだけが全てではありませんよ。それに、ここは観光名所です。以前訪れた時より明らかに人の数が少ない」

「影響は出てるってことか。どうしますか？　殿下」

「そうだな。まずは実際の状況を確認しよう」

私たちは街の人たちの声を聞くことにした。道を歩いていた男性に声をかける。

「すまない。少しいいか？」

「はい？　え、ユリウス殿下!?」

「畏まらないでくれ。あまり目立ちたくないんだ」

「は、はぁ……」

いきなり殿下に声をかけられたら驚くよね。男性は取り乱しながらも落ち着きを取り戻し、殿下の話に耳を傾ける。

「最近、この街の水が汚染されていると聞いたんだが、事実か？」

「え、あーはい。どうにもそうらしくて、私も詳しくはわからないんですが、街の水路を管理している役所からは、水路の水を直接飲まないように言われてます」

男性の話を聞く限り、汚染は事実らしい。

ただ街の人たちに詳しい説明がされているわけではなく、事情を知っているのは水路管理をしている街の役所の人間だけのようだった。

殿下は男性にお礼を言い、水路管理局を訪ねることにした。

◇◇◇

水路管理局は街の中心部にあった。三階建ての大きな建物で、水が湧き出ているのもこの場所らしい。文字通り、街の水路の要になっている場所だ。

「失礼するよ」

「ここは関係者以外――殿下！」

「驚かせてすまない。局長はいるかな？」

「は、はい！　すぐに呼んでまいります！　局長！」

局員の一人が慌てて奥へ走っていく。その様子を見ながら苦笑いをする殿下に、ガルドさんがボソッという。

「やっぱアポとったほうがよかったんじゃないですか？」

「……いや、それだと今度は手続きが面倒なんだ」

「ですが毎回驚かせてしまうのも申し訳なくありませんか？」

「そうだよな……次から善処する」

殿下たちが話していると、奥から駆け足で細身の男性がやってきた。

「お、お待たせしました。ユリウス殿下」

「すまない。急かしてしまったか」

「いえ大丈夫です」

まったく大丈夫に見えない……ぜぇぜぇと息を切らしているし、歳はまだ若そうだけど体力はないのかな？

雰囲気はちょっぴり頼りない感じがする。

「失礼しました。私がここの局長をしております。ヒストマンと申します」

「ヒストマン局長、アポもなく訪ねてしまい申し訳ないが、少々お時間をいただけないか？」

「はい。手は空いておりましたので、どうぞ中へ」

「ありがとう」

局長さんに案内され、私たちは管理局の奥へと進む。中は少しだけ、宮廷の地下にある魔導機関の部屋に似ていた。

仰々しい装置がちらほら見える。おそらく魔導機関だけど、ぱっと見じゃ仕組みまではわからないな。

それに……。

「この匂い……」

「心配するな。ボクがなんとかしておく」

　こそっとネロ君が私に囁いた。

　彼がそういうってことはやはり、あまりいい物ではないらしい。私たちは応接室に案内された。殿下が座り、対面に局長が座る。

「狭い部屋で申し訳ありません」

「構いません。さっそく本題ですが、水路の汚染について聞きに来ました」

「なんと、殿下自らご足労を？」

「こういう問題は俺の管轄なんですよ。説明をお願いできますか？」

「はい。もちろん」

　局長さんから話を聞く。汚染は事実であり、時期はほんの二週間ほど前からだという。

　この施設には水の成分や純度を調べる魔導具があり、それによって水の状態は常に管理されている。

　突然、湧き出る水に毒素が検出された。小さな反応だったこともあり、自然のものであれば直に治まる。

　最初は深く考えなかったそうだが、一週間もすると一気に濃度が増した。

「見た目は変わらないのですが、飲むとわずかな苦みを感じます。一日に飲みすぎると腹痛や嘔吐、下痢といった消化器の症状に見舞われてしまうので、街の方々には飲水を中止していただきました」

「飲み水はどうしているんですか？」

「ここには今までの貯水タンクがあります。そこの水は汚染されていませんので、水はタンクから民家に届けているんです」

「タンクの残りは？」

局長さんは答えづらそうな表情で……。

「正直に申しますと、あとひと月も持たないでしょう」

「なるほど。かなり切迫した状況のようですね」

「申し訳ありません。水路を管理することが我々の務めだと言うのに……」

「そう自分を責めないでください。管理局の迅速な対応のおかげで、街への被害は最小限に留まっている。あなた方の対応は間違っていない」

「殿下……」

「それに、もう大丈夫です。こういう時に頼りになる人を連れてきましたから」

殿下と目が合う。私は頷き、呆気にとられている局長さんのほうを向く。

「頼めるか？　フレア？」

「もちろんです。そのために来たんですから」

局長さんの許可を得て、さっそく作業に取り掛かる。

ガルドさんたち親衛隊の皆さんは、街の人たちに飲み水を配達する作業の手伝いをして貰うことになった。

私と殿下、それからネロ君が管理局に残っている。局長さんは自分の仕事があるからと、奥の部屋に入っていった。

やっぱりこんな状況だから大変なのだろう。いち早く解決させないと。

「まず水の状態を確認します」

「待て。水に直接触れるな。それはボクがやろう」

水路から水を汲もうとした私をネロ君が引き留めた。彼は透明な水を上から覗き込む。

「ボクの身体はゴーレムだ。毒も呪いもボクには通じない」

「局長さんの話だと触れるのは問題ないってことだったよ？」

「それでも、だ。念には念を入れておけ」

確かにネロ君の言う通りかもしれない。今は触れても問題ないけど、毒の濃度が上がれば変わってくる。それに遅効性という可能性もある。

ここはリスクのないネロ君に任せるのが最善だろう。

「お前はもう少し、他人を疑うことを覚えたほうがいいな」

「え？」

ネロ君がぼそりと呟く。どういう意味か尋ねようとする私の横を通り過ぎて、彼は水路に右腕を突っ込んだ。

「ついでだ。水の状態もこのまま調べてやろう」

「そんなこともできるのか？」

「ボクを誰だと思っているんだ？　かつて世界最高と謳われた大魔法使いだぞ？　その程度のことできないほうがおかしい」

「自分で言うのか……」

呆れる殿下を横目に、ネロ君は瞳を閉じる。水の状態を調べる装置はこの施設にもある。

施設の設備を疑うわけじゃないけど、私も簡易的な調査用の魔導具は持ってきていた。

それを使うつもりだったけど、ネロ君がいれば必要ないみたいだ。おそらく彼は魔導具に記された魔法と同質の魔法を使っている。

一瞬だけ、水の中に入れた指先に魔法陣が光った。ネロ君が目を開ける。

「なるほどな」

「わかったのか？」

「……確かに毒素が紛れ込んでいる。しかし一種類ではないな」

「複数の毒素を混ぜ合わせているのか？」

殿下の質問にネロ君は即答しなかった。

視線を下方向でウロウロさせ、水路の端から端まで目で確認している。続けて管理局内の床、壁、天井を見ていく。

「お前たちは毒がどういうものか理解しているか？」

「毒は毒だろ？　人体にとって悪影響のある物質のことじゃないのか？」

「そうだ。一言に毒と言ってもその種類は様々。中には特定の条件下でのみ毒素として働くものもある。だが今回の例は……特殊ではあるな」

「なんだよ。勿体ぶるじゃないか」

　ネロ君は具体的な毒についての説明を避けている様子だった。殿下もそれに気づいている。しばらく待つが、彼は難しい表情をして口を開く。

「まだ不確定だ。ボクはもう少し調べる。お前たちは自分の仕事をしていろ」

「いや、だから毒の種類を」

「水から毒素を取り除くだけなら種類は関係ない」

「そうなのか？」

　殿下の視線が私に向けられる。私は頷き肯定して、説明をする。

「私が種類を調べたかったのは、毒素が紛れ込んだ原因を突き止めたかったからです。毒素を取り除くことができても原因がわからないとまた再発する可能性がありますから」

「そういうことだったのか。じゃあ、そっちはネロに任せて並行して魔導具作りに入るか？」

「はい。それでいいんだよね？　ネロ君」

「ああ、そうしてくれ。ただし、ボクと同じ部屋にいるようにしろ。移動するときは必ず声をかけろ。わかったな？」

　いつになく真剣な表情を浮かべるネロ君に、私と殿下はそろって頷く。彼の反応を見ていると直感する。

　この街で起きている事態は、ただの自然現象ではなさそうだと。

一先ず今は魔導具作りだ。これから作るのは濾過《ろか》装置。水を綺麗にする装置で、この施設にも似たような魔導機関はある。

それを使っても毒素はなくなっていない。だから、普通の濾過では意味がない。

そこで私が考えたのは、水を正常な状態へと戻す魔導具だ。

飲み水用に蓄えられた綺麗な水。貯水タンクにある水が正常な状態だとするなら、流れる水の性質をそれと同じ状態にすればいい。

その旨を殿下に説明した。

「そんな濾過聞いたことないぞ」

「私も試すのは初めてです」

「初めてなのか。一応確認するけど、大丈夫なのか？」

「もちろんです」

少し心配そうな顔をした殿下に、私は自信を示した表情をする。

これまで作ってきた魔導具の技術を応用すればいい。

ちょっと素材が足りないかな？

「ネロ君、足りない素材があるから買いに行きたいんだけど」

「ん？　何が足りない？」

「えっと」

私はネロ君に素材の種類と量を伝えた。

「街で揃えられると思うんだ」

「わかった。買い出しには同行しよう」

「ありがとう。ネロ君のほうは何かわかったの？」

「それなりに、な。あとで話そう」

◇◇◇

素材の買い出しのために街へ出る。改めて街中を歩くと、王都とはまるで別世界だ。

真っ白な建物は眩《まぶ》しくて、綺麗で。今は人通りも穏やかで静かだけど、賑わっている時を想像すると少し楽しい。

「殿下、やっぱり私が持ちますよ」

「大丈夫だ。というか重いぞ？」

「だ、だからですよ。殿下に重い荷物を持たせて歩くなんて」

「いいんだよ。力仕事は俺に任せて、フレアは自分の仕事をしっかり務めてくれ」

殿下の優しさは嬉しいけど、私は周りの目を気にしてしまう。

私は一介の魔導具師で、殿下は一国の王子様。

この身分差は、どう取り繕っても覆ることはない。

もしも殿下が王子じゃなかったら……ふとそんなことを思ってしまった時、視界の端にチラシを見つける。大きな見出しで、流星群間近、と書かれていた。


　素材を買い集めていた道中、ガルドさんたちとも合流した。

　荷物が多くなって殿下一人では持てない量になっていたから、タイミング的にもぴったりだった。ガルドさんたちにも協力してもらい、素材を管理局へ運ぶ。

　その頃には夕日が沈み、すっかり夜になっていた。

「今日はここまでだな。作業の続きはまた明日だ」

「はい」

　というわけで、初日は素材集めで終わってしまった。

　私たちは殿下の案内で今夜の宿へ向かう。この街にも王族が管理する屋敷があるらしく、今夜はそこを使う。

　各都市には最低でも一つずつ、王族が宿泊するための屋敷が設けられているそうだ。

　貴族の中にも別荘を複数持つ者たちはいる。ただ、王族はやっぱりスケールが違う。屋敷に到着した私たちは、それぞれに部屋を与えられた。

　一人一部屋使っても余る部屋の数だ。ネロ君と私は隣り合わせの一室を、少し空いて親衛隊の皆さんと殿下の部屋がある。

　食事も終わり、入浴も済んで、あとは寝るだけになった。私は一人、ぼーっと自室で天井を見上げる。

「……寝れない」

明日も朝からお仕事だ。しっかり働けるように早く寝よう。

親衛隊の皆さんも、明日に備えて休息中だ。殿下も今日は荷物を持ってもらったりして疲れたはずだ。今頃ぐっすり眠っているに違いない。

私はベッドから身体を起こし、月明かりが差し込む窓のほうを見つめる。

「この屋敷の中は安全……なんだよね」

寝る前にネロ君がそう言っていた。彼が屋敷を守る結界を張ってくれているそうだ。

おかげで親衛隊の皆さんも休むことができている。

「ちょっとくらい出歩いてもいいよね」

屋敷の中だけなら大丈夫だろう。

どうせ眠れないんだ。それに、あのチラシに書いてあったものを思い出す。

「流星群……今夜だといいな」

私は部屋を出てベランダに向かった。

夜風が吹き抜ける。ほんの少し肌寒いけど、今は心地いいくらいだ。空は雲一つない。星々もよく見える。

ただ……。

「流れてない……か」

「フレア？」

後ろから声をかけられる。私は勢いよく振り向く。見る前に声で誰かはわかっていた。

「殿下」

「こんばんは」

「こんばんは。どうしてこちらに？」

「それは俺のセリフなんだがな」

殿下は呆れた笑顔を見せながら歩み寄り、私の隣に立った。ベランダの柵に両腕を乗せ、もたれ掛かって夜空を見上げる。

「星を見に来た」

「え？　もしかして殿下もあのチラシを？」

「まぁな。目に入った。というか、君が見ているのに気づいて俺も見つけたんだ。今夜かもしれないんだろ？　流星群」

「みたいですね」

殿下も流星群を見るためにベランダへやってきた。私と同じように。

「星、好きなのか？」

「嫌いではないですけど、特別興味があったわけでもない、ですね」

「そうなのか？　わざわざ眠らずに夜空を見に来るくらいだから、それだけ好きなのかと思っていた」

そう言った殿下の横顔を見て、私は再び夜空を見上げる。

「……なんだか眠れなくて」

私は夜空を見上げる。なんとなく眺める夜空には、特に眩しい星がある。

その周りには、光の弱い星々がある。強い光に負けて、今にも消えてしまいそうだった。

まるで……。

「私と殿下みたい」

「ん？　何がだ？」

思わず声に漏れてしまっていたらしい。

私は咄嗟に口を塞いだけど、手遅れだった。キョトンとした表情で殿下は私のことを見ている。

「その……改めて思うと、恐れ多いなって……」

「何の話だ？」

「……私が、殿下に恋をしていることが、です」

消え入りそうな声。我ながらなんて自信なさげなセリフだろう。

「今さらだな。そんなことを考えていたのか？」

「はい」

「誰かに何か言われたか？」

「そういうわけじゃありません。ただ……夢みたいだから」

私は夜空の星々を見つめながら、頬が熱くなっていくのを実感する。熱は頬から下へ伝わり、全身へとめぐる。

殿下と出会うまでの私は、仕事のことしか考えていなかった。

明日は何をすればいいのか。より早く、無駄なく仕事を終わらせる方法はないか。

次の休みはいつになるだろう。そんなことばかりを考えていて、他のことなんて考える余裕はなかった。

自分の将来のことも……でも今は、考えることができる。

明日のことも、何をしようか自分で選ぶことだってできてしまう。嘘みたいに開放的で、自由な日々を送っている。

生まれて初めてかもしれない。こんなにも前向きに、未来のことを想像できるのは。

だからこそ不安になる。

幸せな今が、いつまで続くのだろうか。全部夢なんじゃないか。幸福な夢はいつか目覚めてしまう。私は今、どこにいるのだろう。

私は胸の中でくすぶる不安を殿下に伝えた。

「幸せ故の不安……か。贅沢な悩みじゃないか」

「そうですね」

私にはもったいないほどに。

「俺も似たようなことは考えてる」

「え？」

驚いた私は殿下の顔を見る。殿下の横顔はどこか切なげで、普段見せる優しい表情の中に少しだけ、不安を感じる。

「将来のこと、不安がないかと言われたら嘘になる。俺は王子だ。俺の将来には、どうしても国のことが関わってくる。何もかもを俺の一存では決められない。窮屈だよ」

「殿下……」

殿下の弱音を、初めて聞いたかもしれない。呪いに侵されていた時でさえ、彼は諦めずもがいていた。そんな彼が不安を吐露している。

私のことで……なんて贅沢なんだ……私は。

その時、夜空に星が流れる。

「殿下！」

「ああ」

一つ、二つ、次々に流れていく。

星が降る夜。私たちは夜空を見上げる。

「綺麗だな」

「はい。すごく」

私たちは並んで星を見る。この時間は永遠じゃないけれど、今はこれでいい。

不安を抱き、いろいろ考えながら生きていこう。

私は星に願う。いつの日か、お互いに不安もなくなって……ただ、幸せだけを感じられる日が来ることを。

時間にして十秒ほどだった。

星が夜空に流れる。終わってしまえば呆気ないものだったけど、私たちは余韻に浸る。

「……戻ろうか」

「はい」

私が星々に願ったように、殿下も何かを願っただろうか。もしそうなら、殿下はどんな願いをしたのだろう。

私たちは屋敷の廊下を歩く。道を塞ぐように、小さな影が一つ。

「ネロ？」

「ネロ君」

「お楽しみの時間は終わったか？」

彼はニヤっと笑みを浮かべた。この反応、どうやら私たちが夜空を見ていることを知っていたようだ。

「覗き見してたのか？」

「どこぞの不届き者と一緒にするな。陰ながら見守っていただけだ」

「物は言いようだな。まぁいいけど」

「ネロ君、私たちを待ってたの？」

彼は返事をせずに背を向ける。

「ネロ君？」

「ついてこい。この街に潜む悪について話してやろう」

殿下が隣でピクリと反応する。ネロ君は一人で歩き出す。私と殿下はお互いの顔を見合わせて、頷いた。

◇◇◇

翌日。素材も揃ってさっそく作業に取り掛かった。

それほど難しい魔導具でもないので、時間はそれほどかからない。

午前中を全部使って、濾過装置は完成した。

完成した濾過装置は従来の魔導機関に取り付けるだけで、汚染された水を正常な状態へと戻すことができる。これで一先ず、水路を流れる水は無害になった。

「すごいですね。本当にあっさり解決してしまうなんて」

「うちの魔導具師は優秀ですから」

驚く局長さんに自慢するようにいう殿下。褒められて照れる私に、局長さんは目を輝かせて尋ねる。

「本当に素晴らしい！　フレアさん、よければ他の装置も見ていただけませんか？　何分古い設備ですので改修すべきか悩んでいたんです」

「そういうことならぜひ」

「ありがとうございます！　こちらにどうぞ」

　私と殿下は局長さんに案内され施設の奥へと進む。向かったのは、彼が頻繁に出入りしていた最奥の部屋だった。

「どうぞ中へ。ここは他の職員も入れない特別な場所なんです」

「特別な場所？」

「はい。私が個人的に管理している部屋なので……困るんですよ。部外者に邪魔をされるのは」

　中に入ると一瞬にして空気が変わる。

　気温が一気に下がったように、体中がぶるっと震える。ガチャリと音が鳴り、扉がロックされた。

「局長さん!?」

「どういうつもりですか？」

「……だから困ると言ったじゃないですか。私の邪魔をされると」

　突如として空間を紫色の煙が支配する。

　腐った生ごみのような刺激臭。間違いなく毒素だ。私たちは咄嗟に口を塞いだけど、すでに手遅れだった。

「せっかく念入りに準備したのに、こうもあっさり解決されると商売あがったりなんですよ」

「お前が……毒をバラまいたのか？」

「その通りですよ殿下。気づくのが遅かったですね？」

「何を……するつもりだ」

局長はニヤリと笑みを浮かべる。

「バレると困るんですよ。私が儲けられなくなってしまう。だからお二人には忘れてもらいます。私は毒に精通しているので、記憶を混乱させる毒も作れるんです」

「くっ……」

「無駄ですよ。先ほど吸ったのは神経毒です。しばらく体は動かせません」

「そんなこと知っている」

「――え？」

直後、殿下の身体がまばゆく光る。

「ま、眩しいっ！」

光が収まった頃に彼が目を開けると、そこには誰もいなかった。

「いない？」

「当たり前だ。お前が見ていたのはボクの作った幻影だからな」

「なっ……」

「これでもう、確認の必要もないだろう？」

「ああ」

ネロ君を先頭に、私と殿下が部屋の入口を開ける。局長は大きく目を見開き動揺していた。

「ネロの言った通り犯人は局長だったか。正直信じたくなかったが……」

「残念ながら事実だ。あいつがさっき自白しただろう？」

「わかってるよ」

「き、貴様たちどうやって……いつ気づいた！」

局長が声を荒げる。ネロ君は溜息をこぼして話す。

「最初からだ。この施設に入った時から魔力の気配を感じた。水に含まれていたのは魔法によって生成された毒だろう？」

「なぜそれを……毒が魔法で作られたことをどうやって判断した？」

「お前が二流なんだ。毒素に魔力が残っていたぞ。ボクがそれを見逃すはずもない」

「くっ……」

「局長、あなたは自ら水路の水を汚染させ、安全な飲み水を別で用意し有償で街の人々に売っていたそうだな？」

ガルドさんたちが街の人たちに話を聞いてくれた。

どうやら無償で飲み水を提供されていたのは一部だけで、他の人たちは購入していたらしい。

配給のお手伝いをしていたガルドさんが、偶々予定にない家に水を運んだところ、無償ということに驚かれたそうだ。

「こずるい商売だ」

「くそっ！　こうなったら直接――」

「無駄だ」

局長は魔法陣を展開しようとした。が、すぐに消滅した。彼の眼前にはネロ君が立っている。

「なっ、馬鹿な」

「知っていたか？　魔法陣は同質同量の魔法陣をぶつければ消滅するんだ。だから、魔法を使いたいならもっと急げ。遅すぎるぞ」

「ぐおあ！」

いつの間にか頭上に生成された氷の塊が局長に落下する。氷の下敷きになった局長は動けない。

そこへ殿下が歩み寄る。

「ここまでだ」

「くそっ！　せっかく魔法を手に入れて一儲けしようと思ってたのに！」

「話は王都で聞かせてもらおう」

こうして事件は解決した。蓋《ふた》を開ければ一人の男が金を稼ぐためにやった醜い行為。あっさりした決着だけど、誰かが傷つく前に解決してくれてホッとしている。

第八章　第一王子

アクリスタ水路管理局、局長。彼の悪だくみは完成する手前で食い止められた。王都に連行された彼は容疑を認め、罪人として牢へ収監された。

事件は大事になることもなく解決した。

「はぁ……」

ただ一人、煮え切らない気持ちを抱く人物がいた。執務室で事後処理をするユリウスは溜息交じりに呟く。

「結局ただの小悪党……呪いの一件とは無関係だったか」

彼の脳裏によぎるのは、かつて自らを殺そうとした元貴族の言葉。

よく覚えておいてください。貴方や貴方の国を狙う者は大勢いる。この国の裏側で巣食う巨悪。放置すれば王国最大の脅威になることは明白だ。しかしカインの失脚以降、特に目立った動きはない。

「奴の虚言だったのか。それとも……」

何かを待っているのか。いずれにしても、警戒は怠るべきではないと判断する。

彼女の安全のためにも。

トントントン――

「どう――」

最後まで言い切る前に、部屋の扉が開く。王子の部屋に許可を出す前に入る。非常に無礼な行為だが、この人物なら許される。

なぜなら彼は――

「兄上？」

「久しぶりだな。ユリウス」

同じ王子なのだから。第一王子クラウス・ユークリス。ユリウスの実の兄にして、次期国王候補筆頭。その容姿は兄弟らしく、ユリウスによく似ている。

「お戻りになられていたんですね」

「ああ。ついさっき戻ったばかりだ。お前のほうは忙しそうだが？」

「そうでもありませんよ」

「そうか？　相変わらず危ないことをしているそうじゃないか」

ユリウスはピクリと反応する。

「なんのことやら」

「はははっ、格好つけたがりだな」

ユリウスは兄に、自分が陰で親衛隊たちと何をしているのか伝えていない。

あくまで彼の独断。もし失敗しても、兄や父への影響を最小限とするために。

「あまり無理はするな。お前は昔から、少々やりすぎるところがある。無暗に正義を振りかざせば、悪の反撃を食らうぞ」

「ははっ、それはよく知っていますよ」

つい最近、体験したばかりのことだった。

ユリウスとしても予想外のことだったのだ。自分が呪われることは。

「父上もお前のことは心配している。俺たちのために動いてくれるのは嬉しいが、自分の将来のことも考えろ」

「考えていますよ。最近は特に」

「そうなのか？　だったらちょうどいい。お前にいい話を持ってきた」

「いい話？」

「縁談だ」

ユリウスは両目を見開く。

「縁談？」

「ああ。お前も会ったことがある。姉妹国の姫、メリエール様だ。相手としてこれほど相応しい女性もいないだろう」

「それは……なぜ急に？」

クラウスは首を傾げる。

「急なことではないだろう？　以前から話には出ていた。お前は成人を超えているんだ。そろそろ婚約者を立てるべきだと。俺が国王になれば、お前は第一王子となる。そうなれば国民のお前に対する期待は今以上になるだろう」

「……」

「なんだ不服か？　俺の目から見ても、申し分ない相手だと思うが？　性格、容姿、地位……どれもお前に合っている」

ユリウスは思う。兄であるクラウスが言うのであれば、きっと正しいのだろうと。

メリエール姫とは以前から面識がある。きらびやかなドレスがよく似合う女性。

明るくお淑《しと》やかで、女性として魅力的な方だと思っている。だが、彼の心の奥に咲く笑顔の花は、違う名前をしていた。

「——兄上」

◇◇◇

最近、新しい噂が聞こえてくる。

「聞いたか？　殿下が婚約するって」

「え？　縁談があるって話じゃなかったか？」

「そうか？　俺が聞いた話だと、もう縁談は終わって婚約する予定と」

「……」

廊下を歩けばそんな噂が流れてくる。私はというと……。

「心ここにあらず、だな」

「え……」

ネロ君に指摘されてしまった。

私はハッと気づく。気づけば作業の手はずっと止まったままだった。

「仕事も手につかないとは、中々重症ではないか」

「……ご、ごめん」

「そんなに気になるなら、本人に直接聞けばいいだろう？」

「でも……殿下、最近忙しそうにしてるから」

アクリスタでの一件以降、殿下とはあまり会えていない。

事後処理が忙しかったり、私のほうも数日空けた分の仕事で手いっぱいだった。ようやく落ち着いてきた矢先、聞こえてきたのはこの噂だ。

確かめたい気持ちもあるけど、正直怖い。

「やれやれ。聞けば一発で解決するというのに」

「そうなんだけど……」

ネロ君は大きく溜息をこぼす。

「沈んだ顔を見ていると、こっちまで気が滅入る。今から聞いてくるんだ」

「え、い、今から？」

「そうだ。さっさと聞いて楽になれ。できないというのなら、お前が王子に恋をしていることを大々的に宣伝して――」

「い、いますぐ行きます！」

私は勢いよく席を立ち、研究室を飛び出した。閉まる扉の向こうで、ネロ君が呆れた顔をして笑っていた。

彼の言いたいことはわかる。聞けば安心できるはずだと。噂は噂、殿下の心は……。

「見つけた」

廊下の真ん中を塞ぐように、彼は立っていた。

殿下……じゃない。似ているけど、目つきが少し鋭い。

「初めまして。フレア・ロースターさん。俺はクラウス・ユークリス、ユリウスの兄だ」

「クラウス殿下⁉」

ちゃんと話すのは初めてだ。こうして向かい合うのも。この人が……第一王子、殿下のお兄さん。

「少し話がしたい。付き合ってくれるかな？」

「……はい」

私はクラウス殿下に連れられ廊下を歩く。道行く騎士たちが何事かと、私と殿下を二度見していった。

「今度はクラウス殿下と一緒に？」

「何者なんだ？　あの娘は」

「……」

そんなの私が一番知りたい気分だ。私たちは一室に入る。

「そっちに座って」

「あ、あの」

「大丈夫。長い話にはならないから」

殿下に誘導され、テーブルを挟み向かい合って椅子に座る。

私たち以外誰もいない。静かな部屋で二人きり……ユリウス殿下と一緒の時とは違う意味でドキドキが治まらない。

「君、ユリウスの下で働いているんだって？」

「は、はい！」

「聞いたよ。素晴らしい腕をもった魔導具師だと。もとは宮廷で働いていたそうじゃないか。どうしてユリウスの所に？」

「それは……」

クラウス殿下に呪いの話は伝わっていない……はずだ。だから教えられない。私は回答に困って視線をウロウロさせる。

「あー答えたくないなら無理に言わなくていい。ユリウスにも聞いたけど教えてくれなくてね。君なら答えてくれるかなと、ちょっと意地悪をしてみた。すまないね」

「い、いえ……」

クラウス殿下は朗《ほが》らかに笑う。彼の笑顔を見ていると、少しだけ気が抜ける。ユリウス殿下に似ているからだろう。

「この間、ユリウスと縁談の話をしたんだ」

「――！」

思わず反応してしまう。唐突な話題変換に、いやむしろこの話をするために？

私は身構える。

「お前もそろそろ将来のことを考えろとね。兄からのおせっかいだったが、見事に断られたよ」

「……断った、んですか？」

「ああ。きっぱりと、心に決めた相手がいるからと」

クラウス殿下は私を見つめて微笑む。

「君の名前を言っていた」

◇◇◇

「――兄上、有難いお話ですが、お断りさせていただきます」

ユリウスは頭を下げる。

深々と。

「……なぜだ？」

「俺にはもう、心に決めた相手がいるからです」

頭を下げたままハッキリとそう言い切る。クラウスはわずかに眉をぴくつかせ、続けて彼に問う。

「その相手を聞いても？」

ユリウスはゆっくり顔を上げる。

「フレア・ロースター」

「ロースター、ああ。お前がかこっているという魔導具師のことかな？」

「さすが兄上、すでに耳に入っていたんですね」

「なぜ彼女なんだい？　俺が知る限り、それほど深い間柄でもなかっただろう？」

二人の馴れ初めまでは伝わっていない。

自らが呪いに侵されていたことも、知る者は限られている。ユリウスは身内にこそ知られないように情報を閉ざした。

この場でも、全てを語るつもりはない。

「多くは語れません。ただ、俺は彼女に救われたんです。彼女の力と、優しさに……そんな彼女をもっと近くで見ていたいと、そう思ったんです」

理屈ではない。

心が、思いが互いを引き寄せ合う。恋とはそういうもので、言葉で表すには大きすぎる。語らずとも、彼の表情が全てを伝える。

「惚れこんでいるんだな」

「ええ」

「そうか。ならおせっかいは必要ない。しかし……大変だぞ。これから先は」

「わかっています」

「お前だけじゃない。彼女もだ」

　王子の伴侶になることを、周囲に認めさせなければならないから。

◇◇◇

「初めてだったよ。ユリウスが他人にあそこまで惚れこむのは」

　やっぱり、殿下の心は私と一緒に。縁談の話もただの噂で、殿下は誰とも婚約なんてしていない。心から安堵する。

「フレア」

「はい！」

「ユリウスのことを頼んだよ。あいつは結構無茶をする。上手く支えてやってくれ。それを伝えたくて話をしたんだ」

「……はい！」

似ているのは容姿だけじゃない。ユリウス殿下も、クラウス殿下も、自分以外を心から慈しむ優しさを持っている。

素敵な兄弟愛だ。羨ましいと思うほどに。

「さて、そろそろ交代だ」

「え？」

クラウス殿下が部屋の扉に視線を向ける。直後、勢いよく扉が開く。

「兄上！　フレア！」

「殿下？」

現れたのは息を切らしたユリウス殿下だった。クラウス殿下は立ち上がる。

「話せてよかったよ。後は二人でごゆっくり」

そう言って歩き出し、扉の前でユリウス殿下とすれ違う。いたずらな笑顔で片目を瞑り、王子様らしくさわやかに去っていく。

残された私たちは、静寂の中で視線を合わせる。

「はぁ……ネロの次は兄上にしてやられたか」

呆れながら殿下は私の前に座った。

「兄上とどんな話をしてたんだ？」

「えっと、縁談のこととか」

「あーやっぱりそうか。ちゃんと断ったからな？」

「はい。聞きました」

　私は笑いながら答えた。殿下の慌てる姿は新鮮で、いろいろな表情を見れてちょっと優越感を抱く。

「フレア」

「はい」

「俺と一緒にいることは、きっと君にたくさん迷惑をかける」

「迷惑だなんて思いません」

　私は、殿下の隣にいたい。この気持ちに気づいてからずっと、心の奥底で温め続けてきた思いは、決して消えたりしない。そう確信している。

「俺にも立場がある。だから、簡単には言葉にできない」

「わかっています」

　私は宮廷魔導具師だ。平民より地位はあっても、王族である殿下とは釣り合わない。政略的意味もなく、私と殿下がそういう関係になることを、偉い人たちは望んでいないかもしれない。

　こんな私でもいいのかと、不安を感じることはある。

　それでも……もう知っているから。殿下が、私との未来を考えてくれていることは。

「俺たちの未来を掴むためには、今のままじゃ足りない。周りにふさわしい相手だと認めさせなきゃいけない。君にも――」

「頑張ります。私がこの国……世界で一番の魔導具師になります」

後世に残るような発明をすれば、偉大な人物として称えられる。かつての魔導具師たちは、歴史を支え、文明を発展させ多くの功績を残した。

私も、先人たちと同じことをしよう。誰もが認めるような発明をして、世界に名を残そう。

そうすれば、誰にも文句は言われない。

私が殿下の隣に立っていても認めてくれるはずだから。

「私も、殿下と同じ気持ちですから」

「フレア……俺も、頑張るよ」

殿下は握りこぶしを作り、ぎゅっと力を込める。秘めた決意を固めるように。

「俺も王子として、皆からもっと信頼される存在になる。俺の言葉を誰もが信じ、俺の選択を皆が尊重してくれるように」

殿下は力強く語ってくれた。

私と共にあるという選択は、決して間違いじゃない。自分にとっても、この国にとっても正しいことだと証明したい。

殿下は優しくて強い人だ。私一人に頑張らせる気なんてサラサラないだろう。私が頑張った以上に、殿下も王子として周囲の信頼を掴もうと努力する。

お互いに頑張って、私たちのことを認めさせよう。

「それでも足りないなら仕方がない。王子の立場でダメなら、俺が国王になるまでだ」

そう言った殿下に私は驚いてしまった。

兄が次の王に相応しいと言いながら、自分が王になるという選択も持っている。その理由が、私と一緒になるためだなんて……。

「……そこまで、してくれるんですね」

「ああ。君とこの先一緒にいるためなら、俺は何にだってなってやる。必ず認めさせる」

「殿下……」

「子供みたいだよな？　笑われても仕方がないとは思うよ」

殿下は呆れたように笑いながらそう言った。けど、私は首を横に振る。

確かに子供みたいな我儘かもしれない。王になりたい理由としては、不釣り合いだと言われてしまうかもしれない。

それでも私は……たとえみんなが笑っても、私だけは笑わない。だって、この上なく嬉しいから。殿下が私と一緒にいるために、そこまで覚悟してくれていることが。

殿下の覚悟が伝わって、私の心の熱も強くなる。自然と手に力が入る。

「私も頑張らないといけないですね。殿下の隣に、相応しいと思ってもらえるように」

「フレアならできるさ。今までも、誰もができなかったことをやり遂げた。俺を呪いから救ってくれたのも、ダンジョンを無事に攻略できたのも、ネロを蘇らせたのも……全部、フレアがいたからできたことだ」

そう語りながら、殿下は私の手をとり、優しく握りしめる。殿下の手の温もりを感じながら、これまでの軌跡を思い浮かべる。

思えばこの短い期間でいろいろなことを経験した。どれも生涯忘れられない大切な思い出たちだ。そんな思い出が、これからも増えていくのだろう。

これからも、殿下と一緒に。

「フレアがいてくれてよかった」

殿下の優しくて心地いい笑顔を見て、心臓の鼓動が早くなる。そのセリフは、私が殿下に伝えたいと思っていた。

殿下がいてくれたから、今の私は幸せでいっぱいだ。あの日、あの場所に……。


殿下がいてくれてよかった。


今はまだ、お互いに足りない。

まだまだ夢の話。それでもいつか必ずたどり着いてみせる。

輝かしい未来に。

その先の、殿下と共にのんびり暮らす幸福を手にするために。

エピローグ　天才魔導具師は自覚する

朝が来る。徐に時計へと視線を向け、時間を確認した。

もう慌てて起きる必要もない。その日に何をしなければいけないか。頭を高速で動かすこともしなくていい。

ゆっくりとベッドから起き上がり、のんびりと朝の準備を済ませる。鏡の前で寝ぐせをとかし、靴を履き替えて、服を着替える。

「よし」

準備は万端。

今日も一日、しっかりとお仕事に励むとしよう。

私は自分の部屋を出て、廊下を歩く。通り過ぎる人たちがお辞儀をしたり、丁寧に挨拶をしてくれた。私も同じように、丁寧に挨拶を返す。

王城で住むようになってそれなりに時間が経過した。ここで働く人たちにも、私の存在が定着してきた頃だろう。

最初は緊張ばかりしていたこの廊下も、今は自然に歩くことができている。私自身も慣れてきているみたいだ。

食堂へ行き朝食を済ませた後で、私は自分の研究室に入る。

「おはようございます」

誰もいなくても、誰かがいても、私は必ず一言挨拶を口にする。これから仕事を頑張るぞ、という切り替えのための一言だ。

もっとも、今は私より先に研究室に来てくれている人がいる。

「来たか」

「おはよう、ネロ君」

ダンジョンで眠っていた古き大魔法使い……その魂を宿したゴーレムが、私の代わりに研究室の掃除をしてくれていた。

年齢も経験も私よりずっと上だけど、ここでの立場が一応、私の助手ということになっている。

「いつも早いね、ネロ君は」

「十数分の差だ。お前もそこまで変わらないだろう」

「その十数分が大きいんだよ」

朝はいつも憂鬱だった。これからまた地獄のような仕事に戻らなければならない。早く起きて準備をしなくちゃ間に合わない。

頭では理解しているのに、身体が重たくて仕方がなかった。今はもう、重たさは感じない。

ここへ来る足取りも軽やかで、鏡がなくとも自分の表情に余裕があるとわかる。

それもこれも、すべてはあの出会いのおかげだろう。

「掃除、私も手伝うね」

「心配するな、もう終わる。それより仕事の準備を済ませておけ。これが終わったら移動するのだろう?」

「あー、うん、そうだね」

ネロ君の厚意に甘えることにした。私はパパっと必要な道具と資料を集める。集め終わる頃にはネロ君の掃除も終わっていて、私たちは一緒に研究室を出た。

向かった先は宮廷の地下だ。この国を支えている大切な魔導機関の管理も、私のお仕事の一つになっている。

私とネロ君は一つ一つ、魔導機関をチェックしていく。

「今さらだが、これの管理を一人でしていたのか?」

「え? そうだよ。前は一人でやってたかな? けど今は、休みの日はリドリアさんか、他の宮廷魔導具師が見てくれているよ」

おかげで毎日働く必要がなくなって、ちゃんと定期的な休みをいただけている。休みがあるなんて当たり前だと思われそうだけど、これが私にとっては大切なことだった。

私は手を動かし、真剣に魔導機関の状態を確かめていく。その様子を、少し離れたところでネロ君が見ていた。

「この規模、それも街全体の根幹にかかわる重要な役目を一人に任せていたのか。よほど信頼されていたのだろうな」

「あははは っ、ただいいように使われていただけだよ」

「それだけではないだろう？　嫌がらせだったとしても、お前はたった一人でこれをこなしていた。普通ならできることじゃない。誰もがお前の実力を認めていたからこそ、無茶な要求もまかり通っていたのだろうな」

「そう、かな」

　ネロ君は少しだけ嬉しそうに微笑んでそう言った。私はキョトンとしながら、そういう捉え方もあるんだとしみじみ感じた。

　ただの嫌がらせ、気に入らないから仕事を押し付けているだけだと思っていた。いや実際その通りだったのだろうけど……。

　前室長も、私のことを見ていた他の魔導具師も、心のどこかで私ならできると……そう思っていたのだろうか。

　信頼してもらっていたなら、悪い気分じゃない。だけどやっぱり、あの頃に戻りたいとは微塵も思わない。

「私は適度でいいよ。お仕事も、嫌いじゃないけどね」

「誰だってそうだ。心から嫌いなことを何年も続けられるほど、人間の心は寛容じゃない」

「そうだね」

　嫌いではなかった。物作りも、新しいことを勉強することも。

　少しずつ嫌いになりかけていたから、こうして普通に仕事ができるようになって本当によかった。好きなことを嫌いになることほど、悲しいものはない。

私たちは話しながらも手を動かし、早々に管理室での仕事は終わらせた。

そのまま残る業務もパパっと済ませて、一緒に昼食を済ませてからリドリアさんがいる室長室へと足を運ぶ。

私自身に与えられた仕事は終わって、午後からはリドリアさんのお手伝いだ。

「いつもありがとうございます。フレアさんが手伝ってくれるおかげで、私もなんとか定時に仕事が終われます」

「今さらじゃないですか」

そう言いながら私は笑う。

私と、新しく室長になったリドリアさんはよく似ていた。私が仕事に押しつぶされそうになっていたとき、同じように遅くまで宮廷で働いていたらしい。

お互いに苦しく辛い時期を過ごしてきたからこそ、その苦しみを誰より理解できる。

「リドリアさんはちゃんと眠れていますか？」

「おかげさまで。最近は目覚めも悪くないんですよ」

「よかったです」

初めて、ではないけど、彼女と顔合わせした時はもっとぐったりとして疲労が全身からあふれ出ていた。

今はそれが薄れて、以前よりも活き活きと仕事に励んでいる、ように見えた。

それが素直に嬉しかった。

「ネロさんもありがとうございます」

「気にするな。今のボクはフレアの助手だ」

「大魔法使いが助手……羨ましいですね」

「そこは時の運というやつだ。ボクを見つけたのがお前なら……変わっていたかもしれないな」

ネロ君とリドリアさんの会話を聞きながら、私は少しだけ目を瞑り、これまでの出来事を思い返した。

時の運……そう、確かにネロ君の言う通りだ。

もしも彼を見つけたのが私じゃなかったら、きっと違った形で出会うことになってただろう。もしかしたら、お互いのことなんて知らないまま過ごしていたかもしれない。

リドリアさんとも、今の立場や関係性があるのは、前室長の失踪から始まり、私たちの境遇がとても似ていたからだ。

一つでも歯車が違えば、私たちはずっと遠い他人のまま、お互いに関わることなく仕事に励んでいただろう。

何事にも運というものは重要で、少しでもズレていれば今の結果は得られない。私の人生で一番、運がよかった出来事と言えば……。

深く考えるまでもなく、彼と出会えたあの夜だろう。

リドリアさんの手伝いを終えた私たちは、王城にある自分の研究室へと戻った。明日の仕事の準備を済ませたら、ちょうど定時になった。

「今日はここまでだね」

「そうだな。ボクは先に戻っている」

そう言って扉に手をかけるネロ君に、私も続いて部屋を出ようとした。すると彼はピタッと立ち止まり、振り向いてニヤリと笑う。

「お前は少し残っていたほうがいいぞ」

「え？　どうして？」

「理由はすぐにわかる。お前にとっても、そのほうがいいはずだ」

私は意図を理解できずキョトンとしながら、ネロ君の言う通り研究室に残ることにした。窓から夕陽が差し込む。

「……わかった」

部屋全体がオレンジ色に染まり、徐々に暗くなっていく。以前はこの風景があまり好きじゃなかった。

夕暮れ時に感じていたのは、私だけが取り残されている孤独だった。他の魔導具師たちは仕事を終えて出て行くのに、私だけが取り残されている感覚……。

こうして一人でいると、あの頃のことを少しだけ思い出してしまう。早く自分の部屋に帰りたいなと、思った時だった。

扉をノックする音が聞こえてくる。

「フレア」

「――殿下」

その声に反応して、私は慌てて扉を開けた。殿下が扉を開けるより前に。

いきなり開いた扉に少し驚いた様子の殿下が、私の目の前にいる。

「よかった。まだいてくれたか」

「殿下、どうしてこちらに？　何か用事ですか？」

「別に用事はない。ただ、フレアに会えるかなと思って覗いただけだ」

そう言って彼は照れたように微笑む。その笑顔が夕日のオレンジに照らされて、いつも以上に温かく感じられた。

胸がドキッとして、心臓の鼓動が速まる。

少しだけあの頃の孤独を思い出していたからだろう。殿下がきてくれて、優しい顔が見られて、ホッとする気持ちで胸がいっぱいだ。

「少し話せるか？」

「はい。私も殿下と、お話がしたいと思っていました」

殿下を中に招き入れる。オレンジ色に染まる研究室で二人、窓際に腰かけて語り合う。

「仕事はもういいのか？」

「はい。今日の分はもう終わりました」

「さすが、早いな」

「そんなことありません。みんなが手伝ってくれるおかげです」

「謙虚だな。フレアの仕事が早いことはみんな知ってるんだ。もう少し、堂々としてもいいんだぞ？」

「堂々と……ですか」

殿下の温かな横顔を見つめながら思う。中々、堂々とするというのは難しそうだなと。殿下が隣にいてくれるからだろうか。

私の口は勝手に動いて、本音をぽろっと口に出す。

「私……自分に自信が持てないんです」

「そうなのか？」

「……はい。ずっと、自分はどうしてこんなに、仕事が遅いんだろうとか……もっと上手くやれたらいいのに……そう思っていました」

「十分上手くやっていたんじゃないのか？　そうでなければ、一人であれだけの量の仕事をこなすことなんてできないぞ」

殿下はそう言って私を褒めてくれる。言われなければ気づかないことは多い。誰かが教えてくれたから、自分が今どこにいるのか理解することだってある。

私の場合はまさにそうだった。

殿下が、周りのみんなが教えてくれた。私は十分に頑張っていたことを。私の努力は、ちゃんと成果に結びついていたのだと。

　だから私はお礼を言う。

「ありがとうございます」

「前にも言ったが、お礼を言うべきはいつだって俺のほうだぞ。ずっと君には助けられてばかりだからな」

「……私のほうこそ、殿下に支えられています」

「そうか？」

「はい」

　私は殿下の顔を見つめながらハッキリと頷いて答えた。

　あの日、あの場所で殿下に出会うことができた。苦しんでいる殿下を助けたくて、必死に知識を振り絞った。

　殿下は、私のおかげで生きていると、心からそう言ってくれる。私との出会いを喜んでくれている。私のほうこそ、殿下と出会えて人生が変わった。

　ただ無意味に流れるだけだった日々の時間が、今は一秒一秒を噛みしめるほどに充実していて、鮮やかに色づいている。

「殿下と出会えて、私は幸せを見つけることができたんです。今も……こうして一緒にいるだけで、胸がポカポカしてくるんです」

　私は自分の胸に手を触れながら、温かさを伝えるように、殿下に笑顔を向ける。本心を口にするのは恥ずかしいけど、殿下には伝えたい。

私の気持ちを、胸に宿るぬくもりを。

少しでも殿下に伝わればいいと、精一杯の笑顔を作った。すると殿下は、呆れたように微笑んで……。

「ったく、そういうところも無自覚だな」

「え？」

ふいに肩を掴まれ、引き寄せられる。気が付いたときにはもう、唇同士が触れていた。温かくて柔らかい感覚が、唇から全身に衝撃となって広がる。

突然のことで驚きながらも、殿下を何より近く感じられて、ゆっくり目を閉じた。

目を閉じれば、殿下に触れられている感覚だけを強く実感できる。私たちは今、繋がっているのだと。

本当に不思議な感覚だ。触れ合っている面積はごくわずかなのに、どうしてこうも満たされるのだろうか。

殿下はゆっくりと唇を離す。

顔をみれば、お互いに頬を赤らめているのがわかった。殿下が照れていて、私の頬も温かい。

殿下が照れながら私に尋ねる。

「どうだった？」

「ビックリ、しました」

「ははっ、君の顔を見ていたら我慢できなくなったんだ。ずるいぞ？　あんな笑顔を見せられたら、誰だってこうする」

「そ、そんなに変な顔でしたか？」

私は頬を両手で挟む。すると殿下は楽しそうに笑う。

「あははは っ、そうじゃない。すごく魅力的な笑顔だったってことだ」

「み、魅力的……」

「ああ。思わずキスしたくなるほど綺麗だった」

そう言いながら殿下は私の頬に優しく触れる。嬉しさと恥ずかしさがこみ上げてきて、一体どんな顔をしているのか自分でもわからない。

殿下の表情と、触れ合った唇の感覚で頭がいっぱいだ。

「嫌だったか？」

「そんなことありません。もう本当に……幸せすぎて……夢じゃないかと疑うくらいです」

「そうか？　だったら――」

殿下はもう一度、私の肩に手を触れて顔を近づける。そうして甘い表情で、私に囁く。

「夢じゃないと思ってもらえるまで、何度でもしよう」

「――はい」

私たちはもう一度唇を重ねる。この先何度も、こうして触れ合う経験はあるだろう。だけど今日は特別だ。

一生に一度、初めての体験をしている。
この先何があろうとも、この日の感覚を、思いを、風景を……私は忘れないだろう。

番外編

現代を生きる若者へ

Mujikaku na tensai
majutsushi ha
nonbiri kurashitai

ゴーレムの身体は、時間の経過や日々の行動によって劣化していく。建造物が時を経て老朽化するように、この世の万物には時の流れが影響する。

魂は不滅であっても、器である身体は永遠じゃない。だからこそ、定期的なメンテナンスが必要になる。

「今日も頼むぞ」

「うん。ここに座って」

研究室でネロ君が私の椅子に腰かける。そっと目を閉じたことを確認して、私は彼の身体のチェックを始める。

作業は極めて単純だ。まずは身体に異変がないか視覚を頼りに確認していく。肌の色や傷の有無、関節の可動性を順にみていく。

続いては感覚だ。ネロ君の腕を握り、彼に問いかける。

「どこを触ってるかわかる？」

「右腕。前腕の手首に近い側を握っている」

「正解。じゃあこうやって動かすと、腕はどっちの方向に動いているかな？」

「上だ」

目を瞑ったままで自分の腕がどっちの方向に動いているのか。人間にとっても重要になる運動感覚を調べた。

さらに腕を特定の位置に曲げ伸ばし、移動させる。

「左腕を右腕と同じように動かして」

「こうか？」

「うん、問題ないね」

自分の身体がどこにあるのか。目を瞑っていても感じることを位置覚と呼ぶ。こういう感覚は全て、彼の運動能力に直結する。

「身体の動きは問題ないみたいだね」

「ああ、次は？」

「コアを確認するよ。こっちが一番大事だから」

「頼んだ」

ゴーレムにとってもっとも重要な部位は、なんと言ってもコアだ。私たち人間にとっての心臓に値する。これがなくては稼働できない。

ネロ君の場合は、このコアに彼の人格が宿っている。何か不具合でもあれば、彼という存在の消失に繋がる。

私はコアに刻まれた魔法の式を一つ一つ、時間をかけて丁寧に解析し、不具合が起きていないことを確かめていく。

この作業がもっとも長く、緊張する瞬間の連続だ。

メンテナンス開始から三時間が経過する。

ようやく終わりが見えてきて、最後の魔法の式をチェックして、大きく息を吐く。

「――終わったか？」

「うん。終わった――って殿下⁉」

「そんなに驚かなくても……」

「す、すみません！　殿下がいらっしゃっているとは気づかなくて」

いつの間にかユリウス殿下が私の研究室に入ってきていた。目を開けたネロ君は驚いていないし、彼は気づいていたのだろう。

私だけが気づかず、殿下の登場にビックリしていた。

「い、いつからいらしたんですか？」

「三十分くらい前かな？」

「そ、そんなに待っていただいてたんですか？　お声をかけてくれれば……」

「そんな野暮なことできないさ。ノックにも気づかないくらい集中していたし、邪魔はしたくなかったから」

そう言いながら殿下は優しく微笑む。普通は臣下に三十分も気づかれなければ、怒って帰ってしまうはずなのに。

殿下は相変わらず、一国の王子様だと思えないほど下の者に優しい。だからこそ、多くの人たちに支持されている。

私と殿下が向かい合って話している間に、ネロ君は確認のために脱いでいた上着を着直して、私たちのほうへ尋ねる。

「それで、何か用があって来たのか？」

「ん？　いや、単に様子を見に来ただけだ。特別用事があったわけじゃない」

「そうか。存外王子というのは暇なのか？」

「ネロ君！」

「はははっ、確かにこうも頻繁に顔を見せにきたらそう思われるよな」

失礼な発言をしたネロ君にも笑って返す。ネロ君も大昔の偉い人だから、これくらいは普通なのだろうけど、子供の身体で不遜な態度をしていると、今でも少しだけドキっとしてしまう。

当の本人たちはまったく気にしていない様子だ。

「ところで、今のは何をしていたんだ？」

「ボクの身体を検査してもらっていたんだ」

「検査？　どこか悪いのか？」

「どこも悪くないことを確認するための検査だ。ボクの身体はゴーレムだが、元は並の人間だった。お前たち人間も、定期的に健康状態を確認するだろう？」

ネロ君がそう言うと、殿下も頷いて納得していた。ネロ君は見た目が人間に近いだけじゃなくて、その身体構造もほとんど一緒だ。なぜなら彼の身体は、生前の肉体をゴーレムの身体に転用しているから。

「改めて、凄いことを思いつくね」

「この身体のことか？　関心するようなことじゃない。第一、間違っても同じことをしようなんて考えるなよ」

いつになく、ネロ君が真剣な表情を見せた。私と殿下は視線を合わせて、その発言と表情の意味を問いかける。先に殿下が口を開く。

「どうして？」

「ボクは失敗したから、こうして今も生きているという意味だ」

「失敗？　現代に蘇ったのが失敗だっていうのか？」

「ネロ君は自分の意志で、未来を生きるためにゴーレムになったんじゃないの？」

殿下に続いて私も質問する。彼は以前、私にこう言っていた。

人間という枠を超え、はるか未来の世界を見るために。そして叶った。お前のおかげで……と。

彼は望んでこの姿を、新たな肉体を手に入れたはずだ。その結果をどうして、彼自身が失敗と言うのだろう。

ネロ君は小さく溜息をこぼし、カーテンが半分だけ開いた窓のほうへと歩いていく。

「確かに、魔法使いとしては成功している。だが、人生において失敗した」

「人生に……」

「そうだ。人生とは人として生きた道のりのことを指し示す。人として生き、一生のうちに夢を成し遂げる。それこそが人生の成功だ」

ネロ君は彼なりの考え方を私たちに話して聞かせてくれた。幼い容姿とは真逆で、腰の重い話に、私たちは静かに聞き入る。

「ボクは……多くを手に入れた。いくつもあった夢も叶えることができた。それでも……まだ足りなかった。満足できなかった。時間が経ち、手に入れたはずの物が次々と零れ落ちていく……」

手で水をすくうように、ネロ君は胸の前で両手を合わせる。どこか悲し気に、遠い昔の記憶を思い出しているように。

彼は私たちに背を向け、窓の外を見つめながら語る。

「だからボクはここにいる。成功よりも失敗のほうが多い人生だったから。満足できなかったから、永遠を、未来を望んだ。その時点でボクは、人であることを諦めてしまっていた」

そうしてゆっくりと振り返り、私たちの視線を向ける。

「現代を生きる若者たちよ。ボクを決して真似《まね》るな。たとえ望んだとしても手を伸ばしてはいけない。やり直せるなんて考えるな。人生は一度きりで、それが普通だ。今を全力で生きぬくことだけを考えていろ」

それは遠い過去から現代に蘇った偉人から、現代を生きる私たちに向けての最大にして最高のアドバイスだった。

隣で聞いていた殿下が小さく微笑む。

「言われなくても、そのつもりだ」

「私も、後悔しなくていいように頑張るよ」

「……ふっ、その言葉を忘れるな」

ネロ君は微笑む、窓から離れて私たちの横を通り過ぎていく。

「少し散歩してくる。すぐ戻ると思うが、しばらくゆっくりしているといい」

「お気遣いどうも」

「いってらっしゃい、ネロ君」

ガチャリと扉を開けて、ネロ君が研究室から去って行く。二人きりになった私たちは、お互いにソファーに腰かける。

「なんだかネロにいろいろ言われると、気が引き締まるな」

「私もです。長く生きた人の……年季なのでしょうか？」

「あの見た目で年季を感じるっていうのも、不思議な感覚だけどな」

「そうですね」

私も殿下も、ネロ君のおかげで気づかされたことはたくさんある。心の奥底に隠していた感情も、彼の前では晒さずにはいられなかった。

おかげで私も、殿下の想いを知ることができたし、ネロ君には感謝しかしていない。

「人として生きて……か。ネロが言いたかったのは、こうして過ごしている時間も貴重で、大切なんだってことかもな」

「……少し、寂しそうでしたからね」

「ああ。未来に生まれ変わっても、そこに知っている顔は一つもない。あまり見せないだけで、あいつも寂しいって感じているのかもしれないな」

「だから私たちには、そういう思いをしてほしくない……」

「優しい王様だ。ある意味、俺が目標にすべき相手なのかもしれない」

遠い過去を生きた大先輩。彼から学び、気づかされることはこれからも多い。その分、どうやってお返しができるだろうか。

私たちにしてあげられることを、精一杯考えてみよう。

Mf ノベルス

無《む》自《じ》覚《かく》な天《てん》才《さい》魔《ま》導《どう》具《ぐ》師《し》はのんびり暮《く》らしたい

2023年5月13日　第1刷発行

著　者　日《ひ》之《の》影《かげ》ソラ

発行者　島野浩二

発行所　株式会社双葉社
〒162-8540　東京都新宿区東五軒町3番28号
［電話］03-5261-4818（営業）　03-5261-4851（編集）
http://www.futabasha.co.jp/（双葉社の書籍・コミック・ムックが買えます）

印刷・製本所　三晃印刷株式会社

［電話］03-5261-4822（製作部）
ISBN 978-4-575-24628-5 C0093　